Bico de

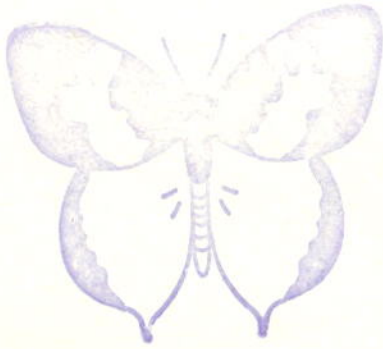

a Sabela

Mari Carmen

Reunido o xurado da XXXII edición do Premio Merlín de Literatura
Infantil, convocado por Edicións Xerais de Galicia
na illa de San Simón, o día 3 de xuño de 2017, e constituído
por María Alonso Seisdedos, Ana Domínguez Santomé,
Mª del Carmen Ferreira Boo, Carlos González Rodríguez,
Lucía Rodríguez Cobo e actuando
como secretaria, con voz e sen voto, Helena Pérez, en representación
de Edicións Xerais de Galicia, acordou por maioría outorgar
o premio á obra titulada: *Muriel*

Colección ao coidado de: Helena Pérez

Coordinación editorial e maquetación: Helena Pérez
Ilustración cuberta: Lucía Cobo
Deseño cuberta: Miguel Vigo
Produción: Antón Pérez

1.ª edición: outubro, 2017
2.ª edición: xaneiro, 2018

Dr. Marañón, 12. 36211 VIGO

xerais@xerais.gal
http://www.xerais.gal
http://blog.xerais.gal

ISBN: 978-84-9121-274-4
Depósito legal: VG 501-2017

merlín

Muriel

María Canosa

Ilustracións de **Lucía Cobo**

Premio Merlín, 2017

XERAIS

Para Ana,
bolboreta de luz.

O *ceo*

As nubes comezan a chorar,
o ceo empézase a anubrar,
os paxaros choran
e paran de cantar

(María Canosa, 5 anos)

Capítulo I

Desde que a avoa non estaba con eles, custáballe moito prender no sono. Non importaba que a noite xa levase un bo anaco pechada sobre o tellado da súa casa e das outras da vila. A el non lle viñan as ganas de durmir. Nin sequera as máis pequeniñas e febles, porque se agarraría a elas coma o náufrago á súa táboa de salvación. Nada.

Sentía os segundos pasar dentro de si, coma se no corazón tivese un reloxo de agullas marcándolle o ritmo, tic-tac, tic-tac, tic-tac... Nada podía facer por deixar de escoitalo e conciliar o sono de vez.

Daba voltas na cama enfadado, pois sabía que á mañá seguinte as pestanas ían pegárselle unha contra a outra e non sería quen de espertar. Levaríalle horas espreguizarse, amais de ter que escoitar as protestas da nai por lacazanear baixo as sabas, pero por máis veces que cambiaba dunha beira da cama á outra, poñendo o peso do corpo nun lado e noutro, non conseguía dar co sono.

Antes non lle pasaba iso. Durmía ata no medio dos contos que lle contaba a súa avoa, que ledicia!, e a ela non lle importaba.

«Perdín o final do conto!», exclamara asustado un día pola mañá, ao decatarse de que adormecera no medio do relato. «Ti cres?», preguntara a avoa cun sorriso. «E logo non o soñaches?»

A avoa sempre acertaba. En efecto, soñara con aquela historia e imaxinara un desenlace. Pero... era realmente ese o final do conto? A súa avoa, que sempre tiña respostas e solucións para todo, aseguroulle que, se estaba nos seus soños, así debía ser, pois meterse na mente da xente (sobre todo na dos nenos coma el) era das cousas máis complicadas que existían, de modo que tiña que ser certo.

Canto estrañaba as conversas coa avoa! E o tempo que pasaban xuntos. E o seu recendo morniño, e a calor do seu corpo cando o apertaba, e os contos e segredos...

Non sabería dicir o que máis botaba de menos. Decidiu pensar niso puntuando cada recordo de un a dez para descubrilo. Total... non lle viña o sono.

Non tardou nada en dar coa resposta: os contos, 8; os segredos, 7 (custáballe moito gardalos!), a avoa, 10! Si, o que máis botaba de menos era a avoa. Toda ela. Pero non quixo pensalo máis, por medo a botarse a chorar, pois xa tiña un abrollar de bágoas petándolle na cunca dos ollos. Lembraría os bos momentos que compartiran, tal como lle prometera á súa avoa, quen sempre lle insistiu en que, no caso de faltar ela, a imaxinase cun sorriso na cara e así podería sentila preto. Intentouno, apertando os ollos canto puido, pero nin a notou máis próxima, nin foi quen de sorrir. Concentrouse máis para cumprir a promesa, pero a encomenda non resultaba nada fácil.

Sentiu como a avoa, ao velo tan ensimesmado, estaba a sorrirlle desde algún lugar. É que os sorrisos da avoa eran precisamente así, tan contaxiosos que xa se sentían chegar, cun ruído xordo. Víanselle nos ollos, brillantes, cunha luzada especial anunciándoos e, ao instante, os beizos comezaban a estirárselle cara aos lados, simétricos. Entón non podías evitar sorrir con ela tamén. Aquilo era máis apegadizo ca un bocexo. Lembrándoo, volvera sorrir.

Gardaba moitos máis recordos dela, que se ían avivando aos poucos na súa memoria. En todos se amosaba como era: marabillosa.

A avoa contaba os mellores contos de inverno ao pé da lareira e as máis refrescantes historias de verán baixo a parra, nas noites mornas. Enfornaba pasteis de amorodos, tortas de mazá e doces de marmelada. Subira nunha avioneta, tamén nun globo aerostático. Construía camas elásticas e cabanas nas árbores. Facía excursións polo monte das que sempre traía tesouros de agasallo: pedras, paus, froitos, niños de paxaros abandonados, flores e follas para infusións; preciosos anacos de cristal.

Daba de comer ás pombas. Nunca tiña présa. Gustáballe falar. Coleccionaba anteollos, uns dourados, outros vermellos e aqueles laranxas que tan ben lle quedaban.

Preparaba as mellores limoadas do mundo e tamén tés con menta e outros sabores. Hummmm, o de pavía era exquisito.

O neno agardábaa feliz ao volver da escola, cando non ía recollelo ela.

Facía maxia. Podía tecer bufandas usando só as mans, aínda que aos dous lles gustaba máis calcetar coas agullas e escoitar o son característico dunha batendo coa outra. Cantas bufandas calcetaran! Para ela e para el, porque a avoa dicía que non hai cousas para nenos ou para nenas, que simplemente hai cousas, por iso as bufandas servían para os dous. Gustábanlles de raias e cores, moi longas. Como mínimo daban cinco voltas ao pescozo. Custaba os mundos mirar por riba delas. «Así non nos pilla o frío», sorría a avoa ao velo baixo o manto de la, asomando con dificultade a punta do nariz.

Ai! Canto botaba de menos a avoa... Con ela todo era sinxelo e todo era posible.

Ata o seu nome. Non o da avoa, o del. O que lle puxo a avoa.

Por moito que lles estrañase a algúns, era un neno, si. Chamábase Muriel.

Capítulo 2

Só a avoa coñecía a dose exacta de mel que cumpría botar no leite para que o punto de dozura non tirase a repugnante nin quedase escaso. Gustáballes aos dous servilo moi quente e deixalo arrefriar. Entrementres, non paraban de falar e de rir.

Por iso deixou de tomar a cunca de leite polas noites, porque xa nada lle tiña sentido. Na casa insistíanlle en que o intentase. Querían que todo se normalizase, pero nada podía ser normal en ausencia da avoa.

Despois de varios días, Muriel conseguiu que deixasen de insistirlle. Prometeu que, se algún día recuperaba as ganas de tomar a cunca de leite, xa a pediría el. Non parecía un trato malo, máis ben era un acordo xusto. E Muriel sempre cumpría a súa palabra. Iso tamén llo ensinara a avoa. Non é como moitos pensan, as palabras non sempre as leva o vento. Son máis importantes do que cremos e non se pode xogar á lixeira con elas. Debemos respectalas e convertelas nun espello onde mirarnos. Por iso, se lle damos a nosa palabra a alguén, despois hai que cumprila.

Todo isto, e dese xeito, dicíao a avoa. E despois dáballe un bico ao seu neto. Un deses bicos máxicos que só ela era quen de fabricar, pois podían curar calquera cousa e encher todo o espazo que quedaba libre no cuarto. Ás veces eran tan grandes que saían pola fiestra para fóra. Muriel sorría inmensamente feliz.

Pero agora non tiña ganas de sorrir. Nin de tomar o leite polas noites.

O que facía moitas veces era ler e mirar os debuxos dos libros que antes lle lera a avoa. Algúns contaban historias fascinantes e tiñan ilustracións marabillosas onde perderse soñando. Mais ao non ser ela quen llos contase, nin sequera as ilustracións espertaban o interese de Muriel. E a historia soaba distinta sen aquela voz gastada que tanto amaba.

Probou mesmo a poñer as súas zapatillas, as babuchas d'*As mil e unha noites*, como as denomi-

naba el, porque aquelas zapatillas moradas e douradas recordábanlle o libro do mesmo título. Eran moi finas e coa punta revirada cara arriba. Tiñan un bodoque con farrapos. Muriel só as usaba para xogar de cando en cando, pero a avoa pedíalle que as tratase con coidado, para ela eran tan valiosas como o máis prezado tesouro.

A Muriel aquelas babuchas sempre lle axudaran a imaxinar intrépidas aventuras. Ás veces ata se atara un turbante á cabeza para embarcarse con Simbad o mariño. Pero esas historias só funcionaban se estaba a avoa. Agora era exactamente igual ler as historias coas zapatillas postas ou descalzo.

Debruzouse na fiestra a observar o ceo, por ver se algunha estrela escintilaba cunha luz distinta ás demais, chamando a súa atención. Era o único que lle apetecía facer naquel momento, mirar sen ser visto. E dubidaba de que, en todo o universo, non houbese alguén ollando exactamente igual ca el cara á súa fiestra, co infinito que era aquel firmamento que ameazaba con caerlle enriba se o miraba en fite.

Sempre o atraera a inmensidade do ceo. Quizais por iso non se decatou de que, na porta da casa, alguén chamara ao timbre, ou simplemente petara cos cotenos na madeira. Oíanse voces na entrada. Distinguía a da súa nai; a outra, unha voz de home, non a deu identificado.

Quen chegaría á casa a esas horas?

Muriel escoitou desde o seu cuarto, pero seguía sen adiviñar nada. A curiosidade venceuno e avanzou uns pasos polo corredor. Nesa posición podía velo todo ás costas da súa nai, que só tapaba en parte o outro conversador, un personaxe realmente curioso.

Tratábase dun home de estatura media, tirando a delgado, co pelo entre gris e branco. A cute moi pálida, os ollos claros, aínda que desde alí non distinguía a cor con precisión. Vestía dun branco impoluto e inmaculado. Na cabeza, toucábase cunha especie de boina ou viseira, branca tamén.

Sentiu a súa voz afónica, gastada, que lle recordou a da avoa. Iso agradoulle a Muriel, e prestou atención ao que dicían. Non sabía moi ben por que, pero aquel home tiña algo especial que o atraía.

—Non, grazas, non queremos –dixo a nai, nun ton que non disimulaba certa desconfianza cara a aquel descoñecido.

Algo estaba a ofrecer o home de branco. Pero... que? Non tardou en descubrilo, pois con moita educación, volveu insistir:

—É un leite moi bo, señora. Muxido ao natural. Leite moi san. Vendo pequenas cantidades, só o que precise.

Un leiteiro!

Muriel sorprendeuse con aquel descubrimento.

Iso era aquel home? Ata o momento nunca vira ningún. Dubidaba de que existisen, aínda que a avoa algunha vez lle falara deles.

—Seguramente, non o poño en dúbida, pero aquí case non lle tomamos leite –respondía a nai moi cortés para non ferir o visitante, malia notárselle que tiña ganas de que deixase a casa, ademais de amosarse firme en non necesitar o produto co que o home lle rogaba.

O leiteiro axustou a pucha, calándoa un chisco. Dispoñíase xa a marchar, agradecendo antes a atención prestada, cando a voz de Muriel soou ao fondo do corredor, clara, enérxica e decidida, sorprendendo os dous adultos.

—Quero probar ese leite, mamá.

A nai volveuse. Nin sequera sospeitara que o seu fillo se achaba alí. A expresión de sorpresa da súa cara era reveladora: Muriel non adoitaba escoitar ás agachadas nin insistía cando se lle negaba algo. El mesmo estaba sorprendido da súa afouteza, por iso engadiu:

—Podo?

O leiteiro, consciente da situación, interveu conciliador.

—Non se preocupen. Hoxe non traio leite, só viña ofrecendo os meus servizos. Pénseno. Mañá, se finalmente deciden probalo, déixolles unha botella. Que teñan moi boas noites.

E, coa mesma, virou as costas e marchou, deixando a nai e fillo fronte a fronte, completamente sorprendidos.

CAPÍTULO 3

MURIEL ergueuse cun obxectivo: persuadir a nai para que lle mercase o leite a aquel home que tanto o intrigara. Coñecendo a súa nai, non ía ser tarefa doada, pero sorriu esperanzado: quedábanlle moitas horas de día por diante para convencela de mercar un litro de leite. Só un. Total, por probar… non pasaba nada.

A nai de Muriel, prudente de seu, desconfiaba de todo o que se vendese a granel; de calquera produto que non estivese envasado e etiquetado cos selos e distintivos de Sanidade, U. E., D. O., e pouco menos que lles pedía aos regateiros o carné de manipulador de alimentos.

Xa que logo, a estratexia da nai consistiu en facer que o rapaz dubidase de que lle fose gustar o leite fresco, sen tratar. Esforzábase en explicarlle que era máis groso e tiña un sabor moi forte, por ver se o neno se acovardaba. Pero a Muriel non parecía importarlle probalo.

Logo a conversa foi derivando cara a outros aspectos. A nai, un ás da interrogación retórica, preguntaba en voz alta, facendo partícipe ao neno para que se decatase de que, en realidade, debía desconfiar daquel descoñecido. Quen máis vira o leiteiro? De onde viña? Como coidaba das vacas? Ulas? Que comían? Quen lle aseguraba a calidade do leite? E incluso: Por que se vestía como nos anos vinte? Quen era aquel home? De onde saíra? E o máis preocupante aos seus ollos: Como chegara ata alí?

A última batería de preguntas non tería tanto interese se Cartaria, o lugar onde vivía Muriel, non fose como é: unha fortificación no alto e alto dun outeiro á que resulta moi difícil acceder. Foi precisamente nesa altura da conversa cando ao neno se lle incrementou o interese polo leiteiro. O feito de que aquel home, con pinta de contar con poucas forzas e enerxía, chegase onda eles, a aquel lugar frío e illado como era a súa vila, parecíalle unha proeza. E intrigábao máis se cabe.

O máis probable era que non entrañase misterio ningún, pero ante a mínima posibilidade, Muriel, con todos os sentidos alerta, dispúñase a poñer en claro o enigma.

En Cartaria non hai moitos nenos. A Muriel nunca lle pareceu unha vila triste porque estaba a avoa para facelo sorrir a cada segundo, mais agora decatábase do gris que lle resultaba aquel lugar. Cada mañá a néboa dáballes os bos días e aquela humidade semellaba non desapegárselles do corpo no resto da xornada, coma se fose unha segunda pel. Para estar emprazada nun outeiro, a vila quedaba ben lonxe do Sol. Por suposto, non tiña praia, nin ribeira. O único elemento singular constituíano as altas murallas de pedra que a arrodeaban.

As rúas eran estreitas e curvadas. Muriel perdíase continuamente por elas. Eran moi costentas. Tiña sorte de vivir na zona baixa da cidade, máis chá. Nunca chegou a internarse no labirinto da parte alta. Non sabía que había alí, no bico, sempre cuberto por unha touca de néboa mesta.

En Cartaria reinaba o silencio. A xente andaba ao seu e, cando falaban, facíano nun ton baixo e moi amodo, coma se tivesen medo a ser escoitados. Sen contarse a si mesmo, Muriel só oíra rir ás cachizas a súa avoa. En varias ocasións a nai pedíralles que baixasen o volume, pero as gargalladas, unha vez soltas, vólvense incontrolables.

Tras a ausencia da avoa, Cartaria respiraba máis tranquila que nunca, mergullada naquela aparente paz inalterable. Só o corazón de Muriel latexaba inquedo, nun bater descompasado e nervioso.

Todo isto íao reflexionando o rapaz debruzado no peitoril da fiestra do seu cuarto. Como é posible que non se decatase antes daquela inquietante tranquilidade? Fora inmune a tal realidade abafante.

A casa de Muriel tiña dous pisos. O cuarto do rapaz estaba no andar superior. Agora que pasaba as horas debruzado na ventá, laiábase de que aqueles altos muros non lle deixasen ver ben o solpor, ese espectáculo silencioso con que nos regala a natureza ao caer a tarde.

Sempre considerara a súa vila un lugar idílico, mais por primeira vez comezaba a dubidalo. De súpeto, quedáballe pequena. Xamais saíra dos seus límites. O mundo alén dos muros sería igual ca o deles? Tiñan que existir outras vilas, pois aquel leiteiro viñera de algures. Muriel empezaba xa a imaxinar como sería o lugar onde vivía o home cando, de súpeto, recordou que o vendedor de leite quedara de vir pola noitiña e arestora xa non se vía nin chisco da esfera solar, nin sequera unha triste raiola. Esqueceríase del?

Tampouco sería de estrañar, se pensamos que tería que vir só para traer unha botella e sen compromiso de volveren mercarlle nin unha pinga máis. Se todos os veciños eran tan desconfiados coma a súa nai, moitos clientes non ía ter. Era unha mágoa, porque a Muriel encantaríalle ver de novo aquel home que tanto lle recordaba a súa avoa. Para entón, xa empezaba a perder a esperanza de que cumprise o seu encargo. Porén, a el parecéralle de confianza. Seguro que non o ía defraudar.

E xusto cando isto pensaba, sentiu un son baixo a fiestra: un alegre tintinar de vidro ou cristal que despexou as súas dúbidas. Muriel baixou a vista e así puido observar detidamente o leiteiro, que acababa de tranquilizar o rapaz coa súa presenza.

Chegara dando aos pedais daquela bicicleta que semellaba antediluviana. Confiaba en que polo menos fose de aluminio, que eran as máis lixeiras, pois aquel artefacto parecía construído de ferro. Imitábase a un triciclo, pero ao revés, é dicir, cunha roda na parte traseira e dúas na dianteira. Esa disposición permitíalle levar unha especie de cesta ou caixón onde presublimemente ían as botellas ou as caldeiretas. Presumiblemente, claro, porque cando Muriel volveu mirar cara abaixo, no caixón non había nada. Tampouco vía o leiteiro, malia oílo, porque falaba coa súa nai, aínda que o rapaz non atendía á conversa, ocupado en inspeccionar o trebello. Pensaba no molesto que debía ser conducir aquilo, facelo xirar. Non resultaría máis cómodo levar a equipaxe detrás, turrar dun carro, ou algo polo estilo? Con tantas ideas dándolle voltas na cabeza, cando quixo aguzar o oído para saber de que estaban falando, foi tarde de máis. O leiteiro subía na estrambótica bicicleta. Fixo soar un timbre primitivo e avanzou, ao tempo que Muriel baixaba correndo á cociña.

Capítulo 4

Do que falaran o leiteiro e súa nai, Muriel agardaba obter moita máis información, pero coñécese que ela estaba máis preocupada por atender outro tipo de cousas, porque non indagou nin pouco nin moito sobre a vida do home. Así que agora só sabía que polo leite pagaban unha moeda, que mañá regresaría á mesma hora, fose para recoller a botella e non volver, fose para acordar as seguintes entregas. Nada acerca de onde viña, ou cara a onde ía, se tiña máis clientes na vila, como alimentaba as vacas, cabras ou ovellas que muxía... Non cabía dúbida, a súa nai non estaba feita para ser detective. Con todo, non se deu por vencido e buscou máis información no único lugar que podía proporcionarlla: a botella de leite.

A primeira vista era un recipiente do máis normal, de vidro transparente con tapa de rosca metálica. Capacidade aproximada de tres cuartos de litro, calculou.

Tocouna.

Golpeouna. Soou ben.

E agardou a que se lle ocorrese algunha idea. Ás veces a argucia funcionaba. Pero aquel día non. Nese momento o único que non lle saía da cabeza a Muriel era o feito de que a súa nai non investigase de onde viña ou cara a onde se dirixía aquel personaxe. Polo menos o nome! Que menos! Pois nada, nin iso!

O que non sospeitaba o rapaz era que súa nai vía innecesarios todos aqueles datos por estar firmemente convencida de que, en canto probase o leite fresco, a Muriel acabábanselle de vez as ganas de ver diante outra botella de cristal coma aquela e, polo tanto, tamén de ver aquel estraño leiteiro. E era precisamente naquel punto onde coincidían a atención de nai e fillo, na extravagancia do personaxe.

Por fin tiña un dato que ofrecerlle. Aquel leiteiro presentárase de novo vestido de branco impoluto. Dos pés á cabeza, xaora. Calzaba zapatillas brancas e, no alto da cabeza, un pucho de pequena viseira tamén da mesma cor. Nin unha soa mancha –puntualizara a nai. E iso era unha aseveración en toda regra, pois, como é sabido, as nais levan incorporado un radar que detecta a sucidade a quilómetros. En canto Muriel asomaba a cabeza polo fondo da rúa, ela, súa nai, desde a fiestra, xa localizara o punto de graxa, lama ou tinta que lixara a camiseta, pantalón ou cazadora. Visión supersónica, adoitaba chancearse a avoa.

Ai, a avoa... Se chega a estar alí, a estas alturas saberían o nome, o lugar de residencia e ata o NIF do impoluto leiteiro.

Pero a avoa xa non estaba.

Papá, que se poñía ao mando dos fogóns cada noite, chamábao para cear. Foi moi oportuno, porque evitou que o dominase a tristeza, como lle pasaba tantas veces cando se lembraba da avoa. No espazo de tempo que durou a cea, tampouco se falou do leiteiro e Muriel non quixo insistir. Agardou paciente a que os tres rematasen os seus pratos e, cando xa non quedaba nada de sobremesa, reclamou o seu leite. A nai mirouno sorprendida. Ata ese momento pensou que o esquecería, pero estaba claro que non ía ser así.

Pediuno morno e os pais miráronse preocupados, lembrando todas as veces en que non atinaran coa temperatura idónea, que foran exactamente todas as veces en que non llo preparara a avoa. Sen dúbida, hoxe repetiríase a escena, por iso permanecían expectantes.

A cunca do leite fixo un ruído marabilloso ao pousarse no prato. Era unha das pezas daquela vaixela azul con estrelas que tanto lle gustaba. Rodeouna coas mans e notou a caloriña da louza. Sentía tamén o peso de catro ollos escrutándoo. Seus pais estaban impacientes por ver a súa reacción cando probase o leite. Sentiuse como o atleta nos tacos agardando o disparo de saída. Era demasiada presión.

Xa vou!, pesados, dicía Muriel para os seus adentros, sen atreverse a manifestalo. Respirou profundamente e achegou o recipiente aos beizos. Aquilo non podía saber tan mal como se empeñaban en dicirlle. Pechou os ollos e deulle un grolo.

Degustouno. Devagar. Amodiño.

Sentiu o sabor doce e morno avanzando pola gorxa.

Retívoo no ceo da boca. Inundou as papilas gustativas. E tragou.

Buscou no seu cerebro o rexistro de sabores e asociouno a herba luísa, como o das infusións da avoa. Mais non estaba moi seguro. Decidiu asegurarse e, mentres os pais non lle quitaban os ollos de enriba, volveu beber.

Sóubolle distinto. A vainilla pura. Como puidera confundirse tanto de sabor? Non podía ser.

O terceiro grolo identificouno claramente con melisa. Non había dúbida. E o seguinte era de chocolate. Logo chegaron os de turrón e marmelo, despois canela. O último, a torta de mazá.

Aquilo era un misterio que, polo de agora, non podía compartir con ninguén, así que cando rematou todo o leite, limitouse a dicir: «Que rico!»

Por unha banda, os pais sentíanse molestos ao errar por completo no seu prognóstico, pero na balanza pesaba máis a ledicia de que o seu fillo volvese acompañar a sobremesa da noite cunha cunca de leite e un sorriso. Así que non cabía dúbida: o leiteiro tería que visitalos con frecuencia a partir de agora.

A Muriel non lle ía dar pasado o día.

Capítilo 5

Aquela noite durmira ben e conciliara o sono con facilidade. Espertou contento e vestiuse máis rápido ca nunca. Quería almorzar outra cunca de leite, pero esta vez o asunto non se desenvolveu como el esperaba.

Púxoo ao lume. Aínda mantiñan ese costume, non adoptaran a moda de quecelo no microondas. A todos os da casa lles gustaba máis dese xeito. Cando estivo morno, retirouno e abocouno na mesma cunca da noite pasada, que xa descansaba enriba do mesado, disposta para o almorzo.

Probouno case con ansiedade. Devecía por coñecer o sabor con que se deleitaría, mais o primeiro grolo xa o alertou. Mantívoo no padal un anaco, retrasando o momento de deixalo ir polo esófago, mais nesa primeira proba custoulle definir ningún sabor especial. Sabía a leite. Máis forte do habitual, moito máis intenso, pero... leite á fin e ao cabo. Probou no seguinte intento, por ver se o sentido se lle aguzaba e cambiaba de sabor.

Co terceiro intento as esperanzas esvaéronse por completo. O leite non cambiaba de sabor. Era leite sen máis. Nin sequera lle botara mel, cacao ou azucre. Leite. E o instinto non o defraudou. Leite continuou sendo ata o final do almorzo. Con olor a leite, color de leite e sabor a leite.

Que desilusión! Porén, apurou ata a última gota. Non quería que a súa nai comezase cun dos seus interrogatorios: Non che gusta? É moi forte? Deixamos de traelo? Non queres máis? E logo como é que onte che prestaba tanto?, etc., etc.

Non. Negábase a iso. E ademais, estaba rico. De feito, tomaría un pouco máis se o houber, pero xa non quedaba nada. Aínda así, colleu a botella e axitouna, comprobando que só sobrevivira unha pingota. Deulle a volta ao envase e fíxoa esvarar polo vidro cristalino ata que caeu na cunca. E ao ila deixar de novo na mesa, foi cando a viu. Había unha etiqueta baixo a botella! Achegouna aos ollos e leu con atención:

Leite para nenos que botan de menos a súa avoa.

A piques estivo de caerlle a botella ao chan. Nun alarde de malabarismo foi capaz de evitalo. Púxoa pegada aos ollos de novo e leu outra vez a mensaxe. Dicía xusto iso, letra a letra. Non había dúbidas.

O corazón déralle unhas cantas voltas ao ler aquelas palabras e seguía acelerado. Intentou pensar con rapidez e o único que se lle ocorreu, antes de preguntarse como puideran atinarlle coa mensaxe, foi gardar aquela etiqueta.

En canto recuperou a tranquilidade e as mans deixaron de tremerlle, mirou de desapegar aquel papel. Levantou unha esquina con moito tino, primeiro coa unlla do indicador e logo, axudándose co polgar, comprobou con satisfacción que a etiqueta se desapegaba sen maior dificultade.

Mirouna de novo un segundo e agochouna axiña antes de gardala no peto do pantalón, temeroso de que alguén máis a descubrise. Foi entón, a partir dese instante, cando comezou a reflexionar con certa calma e a primeira pregunta visualizouse sen ter que buscala sequera.

Como sabía aquel home, a quen Muriel non coñecía, que botaba de menos a súa avoa?

Como era posible? Estivérao observando? Desde onde? Cando? Como?

E todas aquelas preguntas que antes fixera a súa nai, repetiunas el de súpeto, unha a unha, sen atopar resposta.

Quen sería aquel leiteiro?

A luciña da aventura acendéuselle por dentro. Muriel necesitaba descubrir quen era realmente o personaxe e, asemade, facelo sen que ninguén máis sospeitase das súas pescudas. Xa lle daba a el na alma que algo tiña que ver coa avoa... e tanto! Coñeceríaa a ela tamén?

Os interrogantes empezaban a amorearse, xusto no momento en que se decatou de que o primeiro que tiña que preguntarse aínda non lle pasara pola cabeza. Velaquí: Aquela mensaxe dicía o que quería dicir? Ou sexa, aquel era un leite especial? E non se refería aos distintos sabores con que o sorprendera a noite anterior. A cuestión era se dalgún xeito conseguiría paliar a tristeza de non estar coa avoa.

Muriel pensouno ben, con tranquilidade, apoiando os cóbados na mesa e o queixelo nas mans, que é como se meditan as cousas.

Por sorte, ninguén o interrompeu naquel almorzo prolongado e tivo tempo de sacar conclusións:

aquela fora a primeira noite que durmira cedo e ben, toda dun tirón. Sen pesadelos. Sen pasar frío nin calor.

A cunca de leite que ceara, estaba claro, sentáralle moi ben.

Tamén era a primeira mañá que se erguera de bo humor e chegara á cociña sen a melancolía pendurada dos ollos, arrastrando os pés coma se levase o peso do mundo sobre os ombreiros.

A razón descoñecíaa, pero aínda que as ganas de ver a avoa seguían a ser as mesmas, o caso era que o leiteiro conseguira animalo e distraelo un chisco.

—Estaba bo o leite? –interrompeu a nai os seus pensamentos.

Respondeu que «moito» cun sorriso, polo que a sentenza final non tiña dúbida. Seguirían a mercar daquel leite. E Muriel continuou feliz, pois polo momento non necesitaba escoitar nada máis.

Capítulo 6

Cando naceu Muriel a avoa mandou levar un carballo xa medrado ao xardín da casa, que máis ca xardín era unha horta. Contáralle que o trouxera ela dunha tenza de monte que coñecía, pero xamais lle revelou onde quedaba aquel lugar. Decidiu agasallar con el o neto, porque era algo que vería medrar canda el. Seguramente o superaría en anos, polo que o recordo daquel galano perduraría sempre, acompañándoo mesmo cando nin ela nin el mesmo estivesen.

Todo iso sabíao ben o cativo, pero o que nunca imaxinaría era a axuda que o carballo lle ía prestar no inicio daquela aventura.

Como é doado supoñer, no transcurso daqueles anos o tronco do carballo fora engrosando, amais de medrar ao alto e ao ancho. A súa árbore convertérase, xa que logo, nun lugar perfecto para agocharse e ver chegar o leiteiro, que era o que quería agora Muriel: observar sen ser visto, como posiblemente fixera o estraño personaxe con el.

Por aí comezaría a súa investigación, por ver como e por onde chegaba o home, aínda que tamén por onde marchaba; cantas botellas levaba, a quen llas deixaba... Levarían a mesma etiqueta ca a del? Cantos nenos había en Cartaria? Cantos botaban de menos a súa avoa? A Muriel non lle viña ao maxín nin o primeiro. E no resto das vilas do redor? Porque... cantos quilómetros podía percorrer en bicicleta? Cantas e que vilas eran as veciñas?

Ao rapaz cada vez lle rondaba máis pola cabeza a idea de que descoñecía por completo a vida alén dos muros da súa localidade. Como era posible que xamais ata agora sentise a necesidade de explorar outros lugares?

Agora que non estaba a avoa, puxaba por el a curiosidade.

Muriel concentrouse novamente na súa estratexia. Debía decidir como e onde poñerse á espreita... E sobre todo cando!, pois tiña que estar preparado antes de que chegase o leiteiro. Para iso, concluíu, cumpría saber a que hora pasaría a recoller o envase baleiro.

—Remataches? –preguntoulle a nai.

Vaia se rematara! Claro que si! Non quedaba nin unha pinga de leite. E aquela pregunta víñalle que nin pintada para abrir o diálogo sobre un asunto do que necesitaba coñecer moitos detalles.

Quixo saber sobre o reparto do leite. Desexaba atoparse de novo con aquel curioso personaxe. Por sorte, ese día o leiteiro regresaría a recoller o envase e establecer as condicións das seguintes entregas. Polo que lle dicía a nai, o máis probable era que a partir de entón acordasen unha hora para a recollida da botella baleira e, simultaneamente, a entrega da chea.

A nai tamén tiña algunhas dúbidas. Consultou co fillo se era suficiente con esa cantidade ou, se pola contra, quería máis. Con menos parecíalle que ao leiteiro non lle ía saír a conta. Muriel, pola súa banda, considerou que abondaba con tomar dúas cuncas ao día, polo que, entre os dous, decidiron non modificar a cantidade inicial. O que non tiña nada claro era se solicitar a entrega pola mañá ou pola noite. Se escollía a primeira opción, sempre tiña a posibilidade de tomar máis leite ao longo do día se a curiosidade polos sabores o acuciaba. Se o recibía de noite, non podería probalo ata a mañá seguinte.

Debatíase nun mar de dúbidas e non se decidía por ningunha opción. Súa nai apremouno e, cando ía abrir a boca para dicir que non sabía, lembrou a etiqueta da botella e as palabras saíronlle soas:

—Que o traia pola noitiña, se lle vai ben.

A razón que movía a Muriel, como é de imaxinar, non era se lle conviña ou non ao leiteiro, senón a posibilidade de que lle fose deixando mensaxes nas botellas, como aquela etiqueta que gardara no peto do pantalón. De ser así, ao recibila pola noite, Muriel contaría coa tranquilidade do momento para descifrala. Claro que isto tan só era unha posibilidade moi remota. Seguramente o leiteiro non se prestase ao xogo... mais non había ser el quen pechase a porta. Perdía a oportunidade de velo, era certo, pero resultáballe máis interesante o que puidese comunicarlle a través das entregas. A decisión estaba tomada. Ademais, para velo, podía aproveitar os días en que viñese cobrar, aínda que só fose un ao mes. Pouco imaxinaba Muriel que o leiteiro pasaría a recoller os cartos xunto co envase, pero arestora tiña algo máis importante de que ocuparse: observalo con atención aquel día, pois poucas oportunidades máis coma esa se presentarían para facelo.

O carballo concitaba toda a súa atención. Quedaba a unha distancia perfecta. Nin demasiado lonxe como para non poder recrearse nos detalles, nin excesivamente preto como para cometer unha imprudencia e acabar descuberto. Sen máis voltas, quedou declarado centro de espionaxe.

Polo que falara coa nai, o leiteiro pasaría a recoller o envase e concertar as entregas cara ao mediodía. Na linguaxe de Muriel iso oscilaba entre a unha e as dúas... incluso as tres. Como descoñecía os hábitos do home, decidiu que achegarse contra as doce e media e situarse para mirar sen ser visto sería o axeitado. Para non levantar sospeitas o mellor era marchar axiña e dicir que ía xogar ou dar un paseo. Regresaría para o xantar.

Ao instante xa se decatou de que o plan facía auga por todas partes, pois Muriel xamais pasaba toda a mañá fóra, menos aínda xogando. Desde que a avoa non estaba con el apenas abandonara o seu cuarto. Tiña dous problemas que resolver: un era saír da casa, algo que non podía facer xa;

o outro, buscar unha xustificación verosímil. En Cartaria non había moitos lugares aos que ir, nin demasiados nenos cos que pasar o tempo. Tiña que pensar algo coherente. Mellor era tomalo con calma.

Subiu as escaleiras cara ao seu cuarto xogando coa etiqueta do leite entre os dedos. «Para nenos que botan de menos a súa avoa.» As palabras voábanlle no interior, falándolle.

Capítulo 7

Foi unha sorte que a nai de Muriel acordase preparar para a merenda unha torta de amoras. Alguén tiña que ir apañar os froitos e ela non podía, polo que solicitou a axuda do rapaz, que aceptou encantado. Era a oportunidade que estaba agardando para saír e ter un pretexto co que vixiar o leiteiro. Non se lle puido presentar mellor. Ás veces, as cousas saen ben. Se andaba lixeiro, daríalle tempo a coller os froitos e logo agardar polo personaxe que tanto o intrigaba.

Saíu da casa ledo coma un cuco. Había tantos días que a nai non o vía contento que xa non lembraba aquel sorriso que o fillo acababa de contaxiarlle. Muriel necesitaba ser feliz de novo. E na casa precisábano tanto coma el.

O rapaz saíu con présa da vivenda e correu rúa abaixo, sen ser consciente da preocupación materna. A única cousa que ocupaba a súa mente era coller o maior número de froitas no menor tempo posible para cumprir, asemade, a misión que se impuxera. Sabía dunha silveira cercana á que fora moitas veces coa súa avoa. Chegou nunha carreiriña dun can e xa de lonxe intuíu que a colleita sería próspera. En pouco tempo apañaría unha cantidade suficiente para o doce. O mero feito de pensar na riquísima torta que ían facer para a merenda fixo que se relaxase, comezando a cantaruxar mentres enchía o cesto cos gorentosos froitos. Devecía por rubir xa ao carballo.

Ás doce e media, asegurándose de que na casa ninguén estivese a mirar pola fiestra, púxose a gabear polo tronco da árbore. Tiña localizada unha póla grosa onde acomodarse e vixiar sen ser visto. A árbore lucía frondosa naquela época do ano e, segundo os seus cálculos, soportaría sen dificultade o seu peso.

O máis incómodo foi ter que subir tamén o cesto das amoras e coidar de que non caese ningunha ao chan, máis que nada para evitar pegadas delatoras. A partir de aí, só quedaba agardar, polo que desexou que o leiteiro fose madrugador.

Non tiña reloxo, pero aquela eternidade debeu durar unha media hora ata que, por fin, no cabo do camiño comezou a moverse un punto, que se foi facendo cada vez máis grande ata converterse no perfil dun leiteiro montado en bicicleta.

Muriel apostouse no seu agocho, fixando a vista naquela silueta, sen pestanexar nin unha soa vez.

O corazón batíalle no peito coma un cabalo desbocado.

Esforzábase en distinguir o triciclo, o carro, as rodas, a viseira... calquera detalle que confirmase a súa hipótese pero o que enxergara seguía sendo un perfil. O home pedaleaba amodiño, pensou. Pero... que era aquilo que se movía ao seu carón?

Había algo máis que camiñaba, ou corría, ou saltaba ao lado e ao mesmo ritmo ca o leiteiro. Non avultaba moito. Humm, non era outra persoa. Víase como unha bóla de algodón subindo e baixando.

Muriel puxo a man en viseira enriba dos ollos, pero aquel xesto non mellorou moito a visión. Fose o que for, aquilo acaparaba a súa atención por completo.

Por fin fóronse achegando cara ao seu escondedoiro e, a medida que avanzaban, o neno viu que aquel acompañante non era tal, senón algo que nun momento coincidira ao lado do leiteiro, pero que ía á súa propia velocidade, polo que non tardou en deixalo atrás e seguir o seu camiño. Mentres, bicicleta e carriño continuaban o seu progreso lento e compasado, parsimonioso.

Os ollos de Muriel seguían centrados naquel intruso co que non contaba. Finalmente, decatouse de que era un animal. O que acompañaba o seu paso non podía ser outra cousa que a propia cola, ondeando.

—Un raposo! –exclamou asombrado, pois nunca ata o momento vira un na realidade. Nin de preto, nin de lonxe. Era a primeira vez que vía un golpe ao natural. Quizais por iso mesmo sentiu un chisco de medo. Por sorte, a emoción do momento impediu que ese medo o paralizase.

Non sabía a que atender. Por unha parte, aquel animal tiña un encanto que chamaba por el, pero á vez o leiteiro achegábase e precisaba atender aos detalles do home e o seu carriño. Non sabía cando se lle presentaría outra oportunidade de observalo e necesitaba desvelar a intención daquela mensaxe que lle deixara na botella.

Volveu os ollos cara á bicicleta, sen deixar de mirar de esguello a traxectoria do raposo.

Agardaba escoitar un clinc-clinc-clinc de botellas de cristal chocando unhas contra outras, pero aquel carro viña baleiro. O único que escoitou foi un blim, sinal de que o raposo acababa de pasar baixo el a toda velocidade, o que obrigou a Muriel a miralo de novo. Olláronse os dous, porque o raposo se detivo e volveu a vista atrás, localizándoo no alto da árbore, apostado naquela póla.

O que pasou a continuación non o agardaba ninguén: o raposo deu a volta sobre si mesmo e, con idéntica axilidade á amosada para correr polo camiño, achegouse ao carballo de Muriel e púxose a rubir por el.

Que o neno soubese, os raposos non se dedicaban a gabear polas árbores, aínda que aquel semellaba afeito á ascensión, dada a facilidade coa que rubía pola cortiza arriba.

Pasou ao seu carón, facéndolle cóxegas no nariz cos pelos daquela mazaroca que levaba por rabo, e Muriel sentiu medo, non pola súa compaña, senón porque xa se vía esnafrando no chan despois de tronzar a póla onde se parapetara. Pouco durou o susto, porque o golpe seguiu avanzando cara a outra rama distinta, onde se deitou, enroscado sobre a súa cola. Ao neno pareceulle que sorrira antes de pechar os ollos, mais dubidaba de que os raposos fixesen tal cousa e desbotou a idea.

O seu problema agora era non ser descuberto. Se o leiteiro vira, coma el, rubir o animal polo carballo, chamaría a súa atención. Miraría cara arriba para buscalo e tamén descubriría a Muriel. Contra iso nada podía facer, así que o único que lle quedaba era permanecer inmóbil. Nin por un segundo lle pasou pola cabeza axotar aquel inesperado compañeiro.

O home acababa de chegar ao pé deles. Instintivamente, o rapaz pechou os ollos cando pasaba xusto debaixo, coma se dese xeito non puidese descubrilos. E o caso foi que non o fixo, porque o leiteiro nin sequera levantou a vista cara alí.

Muriel abriu un ollo no momento en que pasaba na súa vertical e o primeiro que observou foi que o carro ía, como sospeitaba, baleiro. Nin unha soa botella. O seu envase debía ser o primeiro que recollía aquela mañá. E agora aínda tiña que agardar á noite para saber que mensaxe nova lle deixaba.

Capítulo 8

A visita foi curta. O leiteiro apeouse da bicicleta, recolleu a botella baleira, que estaba ao pé da porta, meteuna no carro, subiu de novo ao trebello e deu con ritmo aos pedais. Muriel viuno desaparecer rúa arriba entre sol e sombra e a brétema que non desaparecera de todo. En Cartaria nunca lucía ben o sol.

Como se achaba de costas a el, Muriel non distinguiu a súa expresión, pero intuíu o sorriso do leiteiro ao descubrir que na botella faltaba a etiqueta coa mensaxe, porque iso si que o vira nas décimas de segundo en que quedou de perfil. O home levantara o envase no aire e buscara o adhesivo, comprobando que xa non estaba. E nese preciso momento, o neno soubo que o leiteiro seguramente coñecía o seu agocho e non lle importaba ser observado. Máis ca unha intuición, era unha certeza. Se non chega a ser por iso, o neno sentiría unha decepción profunda, pois non descubrira ningún dato novo. Tantos traballos para nada! Con todo, a intriga de sentirse descuberto mantíñao ilusionado. Iso significaba que o leiteiro quería entrar no xogo.

Por outro lado, estaba o raposo, acochado sobre si mesmo coma se durmise na súa golpilleira. Muriel comezou a descender da árbore amodiño e en silencio, evitando calquera ruído. Custáballe moito porque tiña que cargar coa cesta das amoras, pero se o conseguía, evitaría un problema co animal. Parouse un momento a observalo. O pelo brillante subíalle e baixáballe segundo o ritmo da respiración. Era precioso. Mais non podía demorarse moito, polo que continuou o seu camiño árbore abaixo.

Concentrouse e completou o descenso con éxito. Cal non sería a súa sorpresa cando, ao agacharse para coller os froitos que lle caeran, unha vez cos dous pés no chan... a carón da cesta velaí estaba o raposo mirándoo en fite. Como chegara ata alí? Por onde baixara? Muriel deixárao no alto e alto dunha póla!

Primeiro levou un susto tremendo, que o fixo saltar cara atrás e soltar un berro. Logo notou o corazón ás carreiras, por non variar. Querería atacalo?

Pensou en espantalo, mais non foi quen. Quedou inmóbil. Outro tanto o golpe. Acouga, Muriel, nunca choveu que non escampara. Iso lle dicía sempre a avoa. Intentou razoar con tranquilidade. O mellor sería ignoralo e non amosar o asombro que lle causaba aquel animal fero en teoría e dócil en aparencia.

Colleu a cesta e púxose a camiñar cara á casa como a cousa máis natural do mundo. De esguello vixiaba o raposo, que avanzaba de par del, con ritmo compasado. A cada paso que daba, desexaba que fuxise do seu lado, mais non o facía, e a Muriel non se lle ocorreu nada mellor que disimular asubiando. Quizais ao chegar á porta marchase, polo que confiou na hipótese que lle parecía máis lóxica.

Xa case chegaran. E o bo do pedro continuaba á súa beira.

—Comportaríanse así todos os raposos? –preguntouse polo baixo o rapaz. A avoa nunca lle falara de cousa igual, nin sequera nos contos que inventaba para el.

O neno buscaba unha idea na súa cabeza, pero por máis que espremeu as meninxes a lámpada non se acendeu. Entre vixiar a o pedro de esguello e buscar ideas no seu caletre o tempo foi pasando e, cando quixo decatarse, estaba petando na entrada da casa. Non ben rematara de facelo, a porta abriuse, deixando ver a cara da súa nai e, simultaneamente, un berro de espanto encheu o limiar.

—Ahhhhh! –proferiu ata esgotar o alento–. Que raios fai *iso* aquí? –sinalou o raposo horrorizada.

A Muriel deulle un ataque de risa. Cando a nai sacaba a pasear a palabra *raios* é que algo non marchaba alá moi ben, pero cando esquecía chamarlles ás cousas polo seu nome substituíndoas por *iso*, *isto* ou *aquilo*... mascábase a traxedia.

Nada novo, en realidade, no proceder da nai, pois na expresión que se lle debuxara no rostro, Muriel acababa de recoñecer a mesma cara que lle quedara ao descubrir un rato minúsculo na despensa da cociña. A nai puxera a casa patas arriba para facer limpeza xeral e botara semana e media soñando co roedor, espertando no medio da noite e alterando o sono do resto dos compoñentes da familia. Moita graza lle fixera á avoa aquel episodio... Foi ao lembrarse diso cando Muriel soubo reconducir a situación. Aínda que improvisando moito, convenceuse de que a avoa actuaría de xeito semellante.

—Isto? –respondeu con finxida naturalidade–. As amoras que me pediches.

Muriel facía auténticos esforzos para non esmendrellarse de risa. Súa nai, facendo acopio de paciencia e contendo a histeria a partes iguais, con medio corpo agochado tras a porta da entrada, explicou que *iso* era a inusual compaña que traía, un animal vivo e nada común naqueles lares.

A Muriel facíalle graza ver a nai fóra de si, perdida a tranquilidade habitual, e preocupada por non ser quen de manter o control. Pero o rapaz non quería abusar da situación e non demorou o momento en exceso:

—Iso é Blim, mamá. Un amigo.

Blim? Blim???

Escoitábase a si mesmo e non se recoñecía.

De onde sacara o de Blim? Como chegara aquel nome á súa boca e, sobre todo, á súa cabeza? De onde viña? A resposta ás súas preguntas foi inmediata: «Bliiimm» era o son que facía o raposo ao moverse lixeiro, exactamente o mesmo que acababa de oírse ao coarse entre as pernas da nai e entrar na vivenda coma Pedro pola súa casa, nunca mellor dito, saltando os banzos das escaleiras de dous en dous.

Muriel non dubidou en pousar o cesto das amoras e seguilo a toda velocidade ata o seu cuarto.

Tras deles, unha voz berraba outro «Aaahh» estarrecedor. E, logo, un non sei que de «bicho noxento, fóra, xa!»

Sorrindo, Muriel pensaba que non fora unha mala presentación.

Capítulo 9

Blim tiña as ideas moi claras. Desde o primeiro instante amosou unha personalidade firme e inamovible. Decidiu que o seu lugar naquela familia estaba aos pés da cama de Muriel, onde botou a súa primeira soneca e moitas máis que virían despois. De feito, foi xusto alí onde o atopou o neno despois de seguilo ás carreiras no ascenso ao primeiro andar.

Chegou sen alento e pechou a porta tras del, unha precaución innecesaria, pois a nai non tiña a menor intención de achegarse a aquela fera. Boh!, se o vise... alí... todo acochadiño... pensaba Muriel, había mudar de opinión. Era unha auténtica preciosidade. Observouno sen pestanexar ata que escoitou a súa nai berrar por el.

Sabía de sobras para que o requiría con tanta urxencia: non lle gustaba a presenza de Blim na vivenda; é máis, non a aceptaba. Instábao a que o sacase da casa de xeito inmediato.

O rapaz porfiou nas calidades positivas do animal, comprometéndose a alimentalo, coidalo, lavalo... Todo correría ao seu cargo. Mais nada diso era suficiente para convencer a súa proxenitora. Aquel becho inmundo debía abandonar o cuarto e a casa o máis axiña posible.

O garaxe? Suxeriu o neno, en busca de acubillo para o seu novo amigo. Pero desterralo alí tampouco convenceu a muller, que por suposto se negou en redondo a subir ao seu cuarto para observalo descansar placidamente, como Muriel lle pedira.

O neno, mentres, encomendábase a todos os santos, como dicía a súa avoa, para que o raposo se mantivese tranquilo, sen provocar ningunha desfeita que empeorase a situación. Ai... Se a avoa estivese alí! –pensaba Muriel. Ela sabería que facer para convencelos a todos de adoptar a Blim. Canto a estrañaba!

Xa que a nai non se atrevía a entrar no cuarto, o rapaz tivo tempo de observar a Blim, que amosou comprender a linguaxe humana á perfección.

As cuestións que ocupaban a mente do neno eran dúas: de onde saíra aquel animal e como proceder para adoptalo como animal de compañía? E desas dúas deriváronse sete ou oito máis. Por que un gato ou un can, si, e un raposo, non? O raposo é un animal salvaxe, parecíalle escoitar a súa nai dentro da cabeza. E os que teñen unha serpe, ou un caimán? Nós xamais teriamos iso, Muriel! –retrucaba a nai no seu interior. E o hámster? É máis porco e máis desagradable! A esas alturas, a súa nai xa esgrimiría o seu argumento máis contundente: «Que non!» Pois entón quero unha mascota! –replicaría el–. Un papagaio! Que fale e nos interrompa as conversas.

O previsible diálogo íase perfilando na súa mente. Tería que arriscar, aínda que a idea do papagaio non lle gustaba en absoluto.

Un raposo era listo. Valíase de seu. E aquel pelo brillante era tan fermoso... Debía expoñer os puntos positivos, salientar as súas calidades: facía compañía de verdade, moito máis ca un peixe; e recoñeceríaos ao chegar; por non falar da defensa do fogar!

—Axúdame, Blim. Tes que poñer algo da túa parte.

O raposo enroscouse sobre si mesmo e sorriu. Si, Muriel era consciente de que os animais non sorrían, pero aquel era capaz de facelo. Estaba convencido de que o vira. Para asegurarse, achegou a súa cara todo o que puido ao fociño do animal, tanto que os bigotes lle fixeron cóxegas e quen se botou a rir con ganas foi el. Fíxoo tan alto que ata a súa nai o escoitou, contaxiándoselle a alegría.

Así foi como o neno e o golpe comezaron a xogar. Fixéronse cóxegas, un cos dedos, outro coas poutas. Agocháronse debaixo do edredón, correron arredor da cama... Miráronse, fitáronse, estudáronse, recoñecéronse... e comezaron aquererse xa.

Non sabía como conseguilo, nin sequera como pedilo, pero Muriel necesitaba aquel amigo con el. Había tempo que non o pasaba tan ben. Aqueles momentos eran o máis parecido que atopara a estar coa avoa.

Deitouse na cama esgotado, mirando para o teito. O raposo subiu ao seu carón. Debruzoulle as patas sobre o peito e repousou a cabeza nelas. Acochou o fociño entre a meixela e o brazo do neno, pousándolle bicos na pel.

O neno deu en imaxinarse correndo polas rúas de Cartaria con Blim guiándoo, subindo ás tapias, explorando os lindes aos que nin sequera ousara aproximarse.

Imaxinou todas as aventuras que vivirían os dous e contoullas ao animal.

—Buscaremos un río e tocaremos as nubes. De noite, contaremos estrelas e atoparemos covas encantadas. Non sei se existirán as fadas, pero aquí seguro que habitan pantasmas. Eu nunca vin unha, pero se me axudas, habemos dar con elas.

A Muriel parecíalle que Blim asentía a todo. Ademais de comprender o que lle contaba, semellaba estar de acordo en acompañalo a cada unha das propostas. E soñando, soñando... a Muriel venceuno o sono. E ao pequeno raposo tamén.

Abrazados e de paseo con Pedro-Chosco foi como os atopou a nai ao reclamar a Muriel para comer. Preocupada porque o neno non respondía á súa chamada, atreveuse a entreabrir a porta do cuarto, temerosa de que o bicho aquel continuase na casa. Ao velos daquel xeito, durmidos un a carón do outro e cun sorriso debuxado nos beizos do seu fillo, entendeu que aquela fera salvaxe, lonxe de facerlle mal, fora o único capaz de devolverlle a alegría e a ilusión a Muriel. Resignouse ante a evidencia da estampa e só puido pensar que, aínda que preferiría un gato, un raposo tampouco estaba tan mal. E iso si, podería presumir de ser a mascota máis orixinal de toda Cartaria.

Non lle quedou a menor dúbida de que Blim decidira que aquel cuarto, ademais de Muriel, agora tamén sería del.

Capítulo 10

O día estaba resultando tan emocionante que Muriel e Blim case esqueceran o asunto do leite. Pero as horas pasaron e chegou o momento de preparalo.

Foi entón cando ao neno se lle ocorreu buscar unha nova mensaxe na botella. O corazón púxose a latexar con forza. A intriga durou só uns segundos, porque velaí apareceu, de novo, unha etiqueta. O corazón quería saírlle da arca do peito, mentres desapegaba o papel con disimulo. Como xa tiña práctica, fíxoo nun santiamén enrolándoo ao mesmo tempo. Non desexaba despregar o papeliño diante de ninguén e, como non podía agardar máis para saber o que dicía, buscou un pretexto convincente para subir ao seu cuarto mentres a nai poñía o leite a quecer.

Correu escaleiras arriba seguido por Blim. Os dous saltaron sobre a cama e un Muriel atacado dos nervios leu:

Leite saboroso para un neno e un raposo.

Á nai encantaríalle ver o sorriso de alegría que se lle debuxou a Muriel na cara. De novo o leiteiro adiantábase aos feitos, sorprendéndoo outra vez. Muriel, no fondo, aledábase de que fose así. Doutro xeito, decepcionaríase, por máis que a curiosidade non parase de roelo por dentro.

Tiñan que regresar de novo á cociña. Blim acompañouno. Ao seu dono bulíanlle as ideas na cabeza, tan veloces que non foi quen de explicarlle nada ao raposo mentres baixaba.

A cunca de leite agardaba por el na mesa. Blim subiuse ao seu colo e mirouno con ollos lambóns. Muriel, que tiña gravadas as palabras da mensaxe da botella, non lle consultou e dixo:

—Mamá, Blim tamén quere leite. Podemos poñerlle un pouco nun prato fondo?

A súa nai argüíu que os raposos non bebían leite, que como ía sabelo el, porque tampouco falaban, que non empezase con invencións... un longo etcétera que Muriel non escoitou, porque o neno xa se erguera a coller a peza de louza e botáralle o leite, que agora Blim lapaba con tanta ansia coma el.

Cando a nai deu a volta e os viu, quedou pampa e sen argumentos. Non foi quen de sorrir, pero Muriel sabía, pola súa expresión, que non estaba desgustada e aínda diría que semellaba satisfeita. Blim parecía limpo, obediente e, o que era máis importante, dono dun carácter vivo e ledo que contaxiaba ao neno. Facíase querer. O maior problema ía ser decidir onde aloxalo, por iso Muriel e a súa nai adiaban todo o posible o momento de abordar e resolver tan delicado asunto.

Como é lóxico, ao pai de Muriel tamén lle sorprendeu a presenza dun raposo como animal de compañía e máis aínda a rápida aceptación que obtivera por parte da súa muller, nada inclinada a aceptar achegamentos cos animais. Entendeuno cando descubriu o bo humor do fillo, que levaba sen manifestarse o mesmo tempo que a avoa deixara de estar con eles. Só por iso, por velo ilusionado, sorrinte e con brillo nos ollos, pagaba a pena deixar as preguntas para outro momento, aínda que ao seu proxenitor lle preocupase a procedencia do animal. De onde saíra? Como chegara alí? Por que, sendo como era un animal salvaxe, se achegaba sen temor aos humanos?

Onde tropezara con el Muriel? Como se coñeceran? Por que se xuntaran? As preguntas da nai multiplicaban as do pai e procuraban respostas: Xamais oíran dun golpe por aquela zona. E... que había ao outro lado dos muros que rodeaban Cartaria? Porque aquel raposo tiña que chegar de fóra, pois polas rúas da vila nunca aparecera un exemplar semellante. Como moito, algún gato, pero máis de aí, nada.

Blim, ao que os pais miraban agora con atención, era o máis semellante a un amigo que podería atopar Muriel nese lugar gris e triste, onde nin nenos xogando había. Por que non deixalo quedar con eles? Ao fillo sentáralle ás mil marabillas, iso víase ás leguas.

Á avoa gustaríalle esa decisión un tanto arriscada, así que, pensando nela, as poucas dúbidas que aínda albergaban esvaecéronse.

Muriel, alleo ás preocupacións dos pais, miraba a Blim por outros motivos. Nese intre, só existía un asunto que ocupaba por completo a súa mente: a mensaxe na etiqueta da botella.

Por un momento pensou que a Blim lle faltaba algo fundamental, coma se tivese unha eiva insalvable: aquel raposo, como todos os demais da súa especie, non podía falar. Como ía axudalo, se estaba incapacitado para articular palabras? Os animais non posúen o don da fala. Imposible que lle revelase se coñecía de antes o leiteiro, se lle comunicara que agora viviría na súa casa… Un momentiño: Blim podía ser amigo del tamén! Na cabeza de Muriel voaban as ideas unha tras outra.

Pois se así fose, explicaríase mellor que o atopase na árbore do xardín.

E tampouco resultaba unha idea disparatada, pois Muriel xamais vira un raposo en Cartaria. Tanto el coma o leiteiro chegaran ás rúas da vila, e tamén á súa vida, case ao mesmo tempo. Por que non habían vir xuntos? O neno mirou ao pedro e o pedro ao neno e, tras aqueles ollos cheos de amor, foi incapaz de intuír un complot. Con todo, o mellor era contarllo a Blim, a ver como reaccionaba. Muriel, de súpeto, convenceuse de que, aínda imposibilitado para falar, o golpe apañaríase para darlle unha explicación.

Cando por fin se retiraron a descansar, Muriel sentiuse feliz despois doutro día cheo de emocións. No peto do pantalón, gardara enrolada a segunda etiqueta coa misiva do misterioso leiteiro.

Capítulo II

Blim semellaba asentir, divertido, a todo o que Muriel lle contaba, coma se xa estivese ao tanto do proceder do leiteiro moito antes de que o neno o descubrise. Lonxe de sorprenderse, máis ben parecía rir con el. A Muriel pareceulle que o raposo había tempo que sabía das andainas do home. Aínda sendo consciente da incapacidade do animal para responder, non puido conterse e preguntoullo. O golpe reaccionou dando choutos polo cuarto adiante, reptando baixo o colchón, xogando ás agochadas, saltando por riba da cama.

Non había dúbidas. Aqueles dous non só se coñecían, caíanse ben. É máis, Blim sabía daquel leite saboroso. Relambía os fociños e gozaba con cada grolo. Estaba claro que o precioso líquido non lle era descoñecido.

—Ti sabes onde vive o leiteiro?

O animal mirouno sen moverse. Muriel non soubo interpretar a súa reacción. O raposo pareceulle un chisco asustado.

—Pero coñécelo ben... –insistiu o neno. E o seu novo amigo asentiu coa cabeza, valéndose do mesmo xesto que usaría un humano.

—Lévasme? –porfiou o neno, agardando un novo aceno. Pero desta volta o raposo adoptou unha postura de inmobilidade e medo como resposta. A actitude do animal espertou a curiosidade do pícaro. Deducía que ao raposo lle gustaba o leiteiro, pero algo había onde queira que vivise que lle daba medo. E esta suposición avivou en Muriel a curiosidade, así como a necesidade de descubrir o que pasaba. Pero... como facelo? El só non tiña posibilidade de achegarse ao leiteiro e Blim non amosaba interese por axudalo. Tiña que dar coa maneira de interesalo. Decantouse pola mellor opción, que é a directa.

—Blim, temos que ir buscalo.

O raposo meteuse debaixo da cama, tremelicando de medo. Só se vía saír baixo o edredón o rabo peludo, cuxo movemento nervioso delataba que temía achegarse á casa do leiteiro.

Muriel deitouse na cama boca arriba. Puxo as mans baixo a cabeza pousada na almofada. Necesitaba pensar. Quería facerse unha idea de como era aquel lugar e tratar de desentrañar os temores de Blim.

Se aquel home era un leiteiro, a súa casa sería unha leitaría, razoaba Muriel. Ou polo menos, unha granxa de vacas. Que podía haber de malo naqueles dous lugares capaz de asustar un raposo? Ao rapaz nada se lle ocorría, salvo as moscas, que cando vai calor ou hai un cambio de tempo, póñense moi pesadas e morden. Agás os molestos dípteros, nada malo que puidese haber alí se lle ocorría.

O leiteiro sempre vestía de branco impoluto, seguía dándolle voltas ao asunto.

Pulcro. Inmaculado.

Con esa reflexión, Muriel deduciu que debía ter unha leitaría dotada da tecnoloxía máis punteira, desbotando a idea de que vivise nunha corte enxebre na que enzoufarse facilmente. Tamén podía equivocarse. Se cadra lograba non lixarse nun cortello, por que non? Mais o corazón insistíalle na intuición primeira.

Imaxinaba unha casa grande, dun só andar, coas paredes todas brancas e un recendo doce, azucrado, inundándoo todo. Ademais, na súa visión podía distinguir, perfectamente aparcada, a bicicleta do repartidor á beira da porta, ao pé dun banco de pedra que marcaba o inicio dun fermoso xardín, onde as flores destacaban por riba do verde vizoso da herba. Tamén no seu soño podía ver, a través dunha das ventás, unha colección enorme de recipientes metálicos e de vidro. Distintos tamaños e formas ocupaban os andeis e o chan da estancia. Os que máis lle gustaban eran as botellas de cristal, de múltiples cores. As azuis chamaron máis a súa atención.

O que non podía imaxinar era se existía máis xente habitando aquela casa. Nenos ou maiores. Non deu con ningún sinal para decantarse polo si ou polo non. Parecía que os seus dotes adivinatorios non chegaban moi lonxe, aínda que el mesmo se sorprendía do poder da súa imaxinación, pois comezou a repasar mentalmente unha a unha as casas das rúas de Cartaria e ningunha delas se asemellaba á que el imaxinaba para o leiteiro. Na vila non sabían o que eran os xardíns con flores. Como moito, terían unha árbore, coma el, aventurou. Tampouco había bicicletas, pero Muriel recoñecera sen problemas a do leiteiro cando a viu por primeira vez. Se non era adiviño... como podía saber aquelas cousas? Onde atopar unha casa como a que el acababa de deseñar no seu maxín?

A resposta non podía ser máis obvia: Todo o que Muriel coñecía e nunca vira estaba nos contos e historias da avoa. Foran tantos que agora lle resultaba imposible lembrar en cal del aparecía esa casa e por que, pero sabía que estaba alí, naquelas aventuras que a avoa lle regalaba con palabras.

Ai! Se a avoa estivese alí con eles axudaríalle a descubrir que pasaba con Blim e o repartidor de leite. Muriel obrigouse a esquecer esa idea e non poñerse triste. Agora que volvera sorrir quería manterse ledo. Tiña a Blim e xuntos debían desentrañar o misterio do leiteiro. El, ademais, estaba convencido de que eran capaces diso e de moito máis.

Pensando nos marabillosos contos que lle narrara a avoa cando vivía con eles, nesas fantásticas historias e no ben que o pasaran xuntos, adormeceu cun sorriso pegado aos beizos. Non sentiu como o frío caía sobre eles porque Blim acabou por subir á cama con el, acompañándoo nos seus soños. Acordou, iso si, cun clinc moi característico que axiña recoñeceu e o alertou.

Saltou da cama, espertando o seu compañeiro, e correu veloz á fiestra, mais de pouco lle serviu. O leiteiro dáballes sebo aos pedais na dirección oposta á súa casa, arredándose rapidamente.

Seguiuno coa vista ata que se converteu nun puntiño ao final do camiño, un punto semellante ao que vira achegarse o día que coñeceu a Blim, aínda que sería máis correcto dicir que fora Blim quen o descubrira a el no alto e alto do carballo. O raposo acompañábao na ventá, coas dúas patas dianteiras apoiadas no peitoril.

O neno acariñouno á altura do pescozo, disposto a regresar á cama, triste por perder unha das poucas oportunidades que tiñan de encontrarse co leiteiro. Foi entón cando o raposo tirou del e, acenando co fociño, instouno a elevar a vista ata que o rapaz descubriu un globo voando no aire. Non se elevaba apenas da súa posición. Mantiña a altura e avanzaba seguindo o mesmo camiño que tomara o leiteiro. Muriel buscouno, mais o puntiño desaparecera. Aínda así, sorriu, compracido.

—É un sinal, Blim –afirmou convencido–. Teremos que agardar o seguinte. Pero imos ben nas nosas pescudas. Confía en min.

O neno, máis contento agora, deitouse de novo na cama e Blim fixo o mesmo aos seus pés. Desta vez, sorrían ambos.

Capítulo 12

Na terceira botella chegou a ansiada mensaxe.

Buscádeme o sábado. Enviareivos un sinal.

Iso dicía a etiqueta adhesiva. Nin máis nin menos. Como de costume, a Muriel aceleróuselle o corazón. Cando se atopou só con Blim no cuarto, comezou a dar saltiños dun lado a outro, acompañado polo raposo, que o imitaba naquel baile tan singular que xa se estaba a converter nun hábito.

En canto controlou a emoción, o entusiasmo foi mudando cara ao desencanto. E que ían facer ata o sábado? É máis... como ían ser capaces de pasar as horas sen desesperarse agardando a que chegase o día fixado?

Xa se lles ocorrería algo. Non lles quedaba outra. Porque tamén era certo que Muriel en ningún momento pensou en desobedecer e saltar a primeira norma que lle daba o leiteiro.

Non.

Non pensaba ir buscalo antes.

Nin se lle ocorrería enganalo. Ao contrario. Quería compracelo e gañar a súa confianza. Se para iso tiña que agardar ata o sábado, agardaría ata o sábado. Sen máis. Tampouco era unha eternidade o prazo que lles marcara nin un dos difíciles traballos de Hércules. Así que mellor sería agardar, como finalmente fixeron os dous amigos. Esperaron pacientemente, subindo e baixando do carballo que tiñan diante da casa, a frondosa árbore onde se coñeceran. Muriel miraba o seu cuarto desde alí e volveu soñar co xardín do leiteiro, que el imaxinaba cheo de flores. De onde sacara aquela imaxe? Si, dos contos da avoa, claro, pero... era tan real... En Cartaria, seguía matinando o pequeno, non había xardíns. Por primeira vez foi consciente de que o único na vila que tiña unha árbore plantada ao pé da casa era el. Si.

Precisamente o carballo ao que estaban subidos. E todo grazas á avoa, que fora quen se empeñara en deixar aquel testemuño alí. Máis que para lembrar que existía, pois fora un galano polo seu nacemento, a el recordáballe a presenza da avoa, coma se seguise alí con eles. Para sempre. Acompañándoo. Ao seu carón. Aínda que non fisicamente, si a través da árbore. Muriel sentía os aloumiños das follas ao son do vento como as caricias da avoa.

Aiiii... a avoa! Muriel volveuna botar de menos con máis forza, como nos primeiros días da súa ausencia. Desde entón ata que chegara o leiteiro, e agora Blim, era como unha aguilloada. Volveuna sentir co seu proído. O rapaz sabía que o motivo de tanta morriña non era outro ca o de saber que a súa avoa atoparía o xeito de desvelar o misterio sen necesidade de agardar a que o leiteiro os manexase ao seu antollo. É máis, cría con firmeza que neste momento xa coñecerían a súa morada e o porqué dos medos de Blim. Muriel decatouse de que estaba a emocionarse un chisco de máis, deixándose levar pola situación. Ai, a avoa!, o ben que enchería ela todas aquelas horas ata a chegada do sábado! E que veloces e animadas! Pasaríanlles nun sopro!

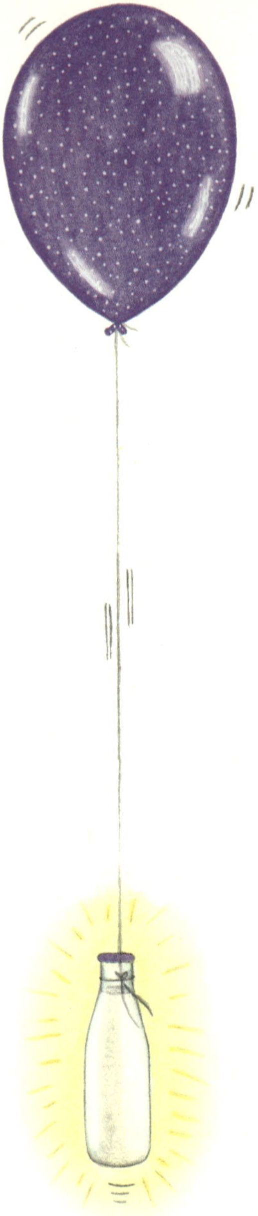

Pero como todo o mundo sabe, con ou sen a avoa, o mércores dá paso ao xoves e este ao venres, que tamén chegou á súa fin. Esa noite Muriel non deu conciliado o sono. Blim durmía placidamente aos seus pés, alleo ao calendario. Que sorte tiña!, pensaba o neno.

O que máis lle preocupaba era non distinguir o sinal que lle ía mandar o leiteiro. Quería convencerse de que non había problema con iso, que sabería como chamar a súa atención. Acaso non se apañara para deixarlle aquelas mensaxes nas etiquetas que revelaban o moito que sabía da súa vida? Como non ía ser quen de argallar un sinal?

Pero... cal sería? Muriel non durmía coa intriga.

Enviaría alguén a buscalos? Lanzaría unha bengala ao aire? Faríaa estoupar para que o localizase?

Non. Aquilo era moi escandaloso. Todo Cartaria acudiría en masa ao chamamento e, se os mandara agardar deica o sábado, sería para actuar con discreción.

Barallou ducias de ideas, ata que por fin o venceu o sono. E o sábado amenceu, claro e limpo como non se recordaba no lugar. Muriel tampouco lembraba canto había que non madrugaba tanto. O nerviosismo non lle permitía continuar na cama. Zarandeou a Blim, durmido aos pés da cama, con enerxía. O animal tardou en reaccionar e, para cando espeliu, Muriel baixaba as escaleiras en pixama directo á porta da entrada. Cando Blim o alcanzou, Muriel xa tiña os pés fóra e miraba abraiado un obxecto. O raposo sacou o fociño e mais unha pouta fóra e puido ver o mesmo ca el, a esperada botella de leite, aínda que aos dous lles pareceu especial. Estaba chea de luz, coma se os raios todos do sol se dirixisen alí. O vidro refulxía como nunca. Atraía tanto a súa atención que tardaron en decatarse de que a botella non viña soa. Dela saía un fío case imperceptible, á altura da vinca. Os dous amigos levantaron a vista seguíndoo, ascendendo no percorrido, ata descubrir un globo de cor lila ou púrpura, segundo lle dese a luz, case tan brillante e iridiscente coma a propia botella. Un globo moi semellante ao que días antes viran seguindo polo aire ao leiteiro.

Ese era o sinal! Pero... que facer con el? Muriel buscou na botella unha nova mensaxe con indicacións, mais non deu con nada. Quedou pensativo, ata que alguén o fixo reaccionar.

—Muriel! –berrábaIle a nai visiblemente enfadada–. Entra na casa! Calza as zapatillas, que aínda vas coller unha pulmonía e vinde os dous almorzar!

O rapaz sorriu, contento porque a nai contaba con Blim coma un máis, pero obedeceu sen unha protesta, non quería que lle caese unha filípica.

Aseouse e vestiuse máis axiña ca nunca e, cando a nai o viu peiteado e sentado á mesa para almorzar, non puido senón rir.

—Pois si que tiñas ganas de saír, si. Levas días co conto de que hoxe ías dar unha volta pola vila, pero non che sabía eu de tanto interese! Pois nada, almorzade e ídevos.

Meu dito, meu feito: almorzaron os dous, Muriel cepillou os dentes e despedíronse.

Unha vez na porta, colleron a botella, mirárona con atención sen descubrir nada raro, deixárona no mesmo lugar onde a atoparan había un chisco e sentaron na solaina, dispostos a agardar un novo sinal. Aínda non ben se acomodaran un a carón do outro cando globo e botella comezaron a erguerse e a elevarse polo ceo, a unha altura semellante á que mantivera o globo aqueloutro día seguindo ao leiteiro.

Muriel e Blim miráronse e, en canto o globo comezou a avanzar polo mesmo camiño onde o perderan de vista da outra vez, os dous se ergueron lixeiros, dispostos a perseguir ambos obxectos. Semellaba que a un deles lle saíran ás, pois avanzaban moi rápido e Muriel botou de menos unha bicicleta, aínda que fose como a do leiteiro. O raposo, en cambio, non aparentaba cansazo ningún e brincaba dun lado a outro, feliz, esquecendo os medos que amosara os días previos.

Capítulo 13

O camiño que seguían era longo e facíase máis estreito e tortuoso a cada paso que daban. Ademais, fóraos conducindo a un extremo da vila, alí onde Muriel nunca se achegara, nin ninguén que el soubese. Era a zona máis fría e sombría, un lugar prohibido. Non existían sinais, barreiras ou cintas que cortasen o paso, mais todos os cartarienses sabían que aquilo excedía os lindes da cidade e, polo tanto, do permitido.

Muriel, amais de seguirlle o paso a Blim, que á súa vez seguía o globo, trataba de memorizar o percorrido. Non sabía onde os levaba o globo, mais intuía un destino especial, polo que necesitaba referencias para volver a el, ou para fuxir, no caso de que non pagase a pena ou fose unha trampa, unha posibilidade que tamén contemplaba na súa cabeciña. Ao mesmo tempo, procuraba non perder a orientación, por iso sabía que se dirixían ao alfoz da cidade e que todo o tempo estiveran ascendendo un outeiro que ata o momento lle era descoñecido.

A medida que avanzaban, a luz esvaecíase, trocándose en sombras e frío. Muriel estaba aterecido desde había un anaco, mais aquela humidade semellaba non afectar ao raposo, que seguía corricando sen esgotarse. A nube de néboa que antes vían ao lonxe pairaba agora sobre as súas cabezas, inmóbil. Mesta e densa. Semellaba que a podería coller en anacos coas mans. Achegábanse perigosamente a ela, ascendendo case en vertical. Sospeitou que o globo se internaría axiña naquela nube branca e temía perdelo. Quixo asubiar para chamar ao seu carón a Blim, sempre adiantado no paseo, pero nin o frío fixo posible que o son saíse dos seus beizos, nin o raposo podería escoitalo, perdido na nebulosa cando o rapaz acordou avisalo. A Muriel non lle quedou máis remedio que intentar seguilo e rogar que a boa sorte se puxese do seu lado.

Pechou os ollos e botou o pé para dar o primeiro paso dentro daquela masa gasosa. Avanzaría segundo lle ditase a intuición, pois xa non quedaba pegada do globo nin do animal. Só se escoitaba o vento coarse dentro da botella baleira, un zunzún que a el lle pareceu música e tras a que quixo ir guiándose polo oído.

Resultáballe máis cómodo perseguir o ruído cos ollos pechados, pero quería abrilos o máximo posible para seguir retendo sinais que o levasen de volta a aquel lugar se fose necesario. Parouse a pensar e observar. Notou que a néboa se levantaba uns centímetros, grazas ao cal distinguiu ben o chan e un sendeiro marcado con claridade. Ao lonxe, enxergou as patas de Blim, camiñando amodo, sen pegar saltos.

Así que ese era o medo do raposo! A néboa que o desorientaba e o amedrentaba; a borraxeira coa que aterecía de frío; a brétema que impedía que o camiño aquel fose doado de atopar.

Cumpría seguir a Blim e non perdelo de vista. Dirixiuse directamente ao raposo, apurando o paso canto puido para non perderse no traxecto.

Notou como a néboa se facía cada vez máis mesta, branca e fría. Muriel xebrábaa coas mans para moverse no medio dela, pois facíase moi complicado camiñar, respirar e ata ver. Imposible mover as pestanas, do que pesaba aquela néboa. Por un momento pensou en deterse e abandonar. Sentar no chan e agardar a que despexase aquela borraxeira. Polo menos, poder moverse de xeito máis cómodo. Foi ao mirar ao chan para sentar cando se decatou de que xa non vía os seus propios pés. Sentiuse perdido. Entendeu o medo de Blim a cruzar aquel lugar, porque el mesmo estaba a experimentalo. Nin sequera podía regresar á casa. Se a avoa estivese con el, nada disto pasaría. Nin se lle ocorrería comezar o camiño. Agora non sabía de onde sacara aquela estúpida idea de perseguir un globo e deixar que el e a aventura chegasen tan lonxe. Ao non avisar na casa por mor de manter o segredo, ninguén emprendería aquel camiño na súa busca. Desesperado, ergueu a cabeza para coller aire e poder chorar a gusto. E nese momento viu un raio de esperanza. Si. Xusto un raio, pois alá enriba da súa cabeza parecía abrirse unha clareira que deixou ver un caldelo de luz. Esa tenue posibilidade deulle folgos. Tragou as bágoas, transformou o medo en esperanza e retomou o ritmo de avance, desta vez sen deixar de mirar cara arriba, para guiarse por aquel fulgor.

Resultou unha decisión atinada, pois apenas tivo que avanzar para sacar a cabeza daquela néboa mesta. Tapáballe o corpo desde o pescozo cara abaixo, pero sobre el, un ceo azul claro e limpo, sen unha soa nube. Cruzando o mesmo, un globo lila que Muriel seguiu sen importarlle como era o chan que pisaba. Por sorte, non bateu con nada no seu avance.

De súpeto, o día albadeou e, ante os seus ollos, apareceu unha paisaxe xamais imaxinada. Un camiño de terra, rodeado de prados verdes, conducíao cara a unha ponte de pedra, cuns arcos enormes que salvaban un abismo entre dous cantís. Dun lado, o límite rochoso de Cartaria. Do outro, un outeiro sen rastro de terra, coma un illote pedregoso, pois alén del nada máis se vía.

Pese á sorpresa, Muriel non variou o ritmo, continuou avanzando cara adiante como hipnotizado. Do globo nada se vía e Blim deixara de levarlle vantaxe para acubillarse tras as súas pernas, coa mesma expresión de medo que lle vira ao preguntarlle pola vivenda do leiteiro. Pero Muriel seguiu achegándose á ponte e explorando coa vista aquel lugar que semellaba máxico.

No bico do monte escarpado, erguíase un castelo. Coroábano varias torres. En cada unha delas, cinco ou seis fiestras. Había infinidade de corredores exteriores que facían sospeitar que o edificio era un labirinto. E que fermoso!

Semellaba que o Sol alumease só o castelo, aínda que Muriel sabía que non era así. E con todo, non sentiu envexa de vivir alí. Imaxinábao frío e solitario.

Como Cartaria, pensou ao instante.

Se cadra non era tan mala idea pasar uns días nun lugar coma aquel. Igual ata había nenos! Ou cabalos! Ou flores!

—Chegamos, Blim. Acouga, pedriño –díxolle mentres o acariñaba. O animal, pegado aínda ás súas pernas, respondeu cunha carantoña agradecida e aliviada. O golpe pasárao mal naquel traxecto.

Un momento! Muriel pegou un choutiño.

Tiña que controlar os seus impulsos. Antes de nada, quen habitaba aquel lugar? Mellor aínda... que era aquilo? Como era posible que nunca escoitase falar dun illote e un castelo, estando como estaban tan preto da súa vila? Nin sequera oíra a súa avoa mencionalo nunca! Aquilo, fose o que for, non debía pertencer á realidade. Imposible que existise. Un castelo no ar! Debía estar soñando. E ese era o momento xusto de espertar.

Pero Muriel non espertou de ningún soño e continuou avanzando no seu camiño. Blim aínda o seguía, mais a ponte había xa un tempo que a deixaran atrás.

Capítulo 14

Aquilo non era ficción. Muriel fora tocando a herba, as pedras... a Blim. Os seus sentidos non o enganaban. Ía esperto, por máis que o rapaz seguise pensando que o que lle amosaban os seus ollos era un auténtico soño. Aquel castelo era o máis fermoso que imaxinara xamais. Agora observábao desde a mesma porta, plantado fronte a ela. E por primeira vez no día, non soubo que facer nin cara a onde ir.

Mirou con atención. Primeiro a zona exterior. Era un xardín verde, con moitas árbores pero sen flores. Reinaba a paz e a tranquilidade. Respirábase un aire morno e suave. Sentíase cómodo. O rumor das follas compuña unha melodía agradable. Quenquera que vivise alí era afortunado –convencíase o neno. Pareceulle ver un par de bolboretas afastárense voando. Quixo seguilas coa vista, mais perdeunas ao instante, ao fixarse nunha das fiestras. Non había cortinas que estorbasen a vista, mais o reflexo do cristal impedía saber que había dentro. Con todo, semellaba que a luz entraba desde o exterior e que dentro non había lámpadas acesas.

Pechou os ollos e inspirou con forza, por ver se o olor lle daba algunha pista da actividade que se exercía alí dentro. Ou do oficio do seu propietario. Hummm...: nin pasteleiro nin cociñeiro. O aroma que lle chegaba era demasiado tenue. Farmacéutico? Pois tampouco. Mago de apócemas? En absoluto. Perfumista, descartado... Sentía un leve aroma, un tanto familiar, pero que era incapaz de recoñecer.

Muriel decatouse de que nin sequera sabía onde estaba. Aquel lugar excedía os límites de Cartaria. Xamais escoitara falar dun castelo... –seguía matinando no asunto. Algo pasaba alí e agora quería sabelo.

Abriu os ollos e un pequeno berro saíu da súa boca.

—Perdoa, Muriel. Non quería asustarte –díxolle o leiteiro, a quen tiña en fronte, sostendo a porta coa man dereita–. Vinte tan concentrado que non me atrevín a interromperte. –Logo dunha breve pausa, continuou–: Pasade. Non quededes na porta. Entrade.

Muriel non foi quen de mover nin un pelo das pestanas. Por suposto, tampouco un músculo. Que facía alí o leiteiro? Era imposible que vivise no castelo!

—Blim, se queres pasa ti, que xa coñeces o sitio. Veña, non teñas medo, que xa cruzaches a néboa. Ao teu raposo –dirixiuse ao neno– dálle medo a néboa. Un día case se perde e, desde entón, témea coma os gatos a auga. Non vén visitarme moito por mor diso. Ás veces mándolle un globo para guialo e, daquela, si que se anima.

Aos poucos segundos, volveu escoitar:

—Ides pasar ou quedades fóra toda a mañá?

Pero Muriel continuou paralizado, pese á ameaza do leiteiro de deixalos chantados alí.

Demasiadas emocións xuntas. O leiteiro sabía os seus nomes, coñecía a Blim, vivía naquel castelo... un castelo descoñecido para Muriel, nun lugar incrible ao lado da súa vila e que ata o momento era inexistente... Do único que tiña noticia o rapaz era do leiteiro e este aparecera do nada había pouco máis dunha semana.

O neno comezou a saír do seu letargo, entre estes pensamentos que o zarandeaban por dentro: Non se sentían, nin percibían polo olor nin pola voz, vacas ou ovellas. Nin bruídos nin chocas. Polo esgrevio do lugar daríanse mellor as cabras, pero tampouco avistou ningunha, nin no camiño nin agora. Buscou un cabanote, unha corte... nada. O castelo era un prodixio de asepsia, claro que o leiteiro non tiña por que ser o dono de todo aquilo, nin vivir alí. Debía apacentar o gando noutro lugar. Se cadra só estaba de reparto e cadrou de abrirlles a porta. Pero... saltou a alarma interior: se Blim o ía visitar precisamente alí, iso significaba que pasaba moito tempo nese sitio!

As preguntas sucedíanse a toda velocidade: E a bicicleta? Ula? A todo isto... onde andaba metido o raposo?

Había unha chea de tempo que o seu compañeiro abandonara o amparo das súas pernas e agardaba por el ao outro lado da porta, pegado ao leiteiro. Ao decatarse de que Muriel por fin o miraba, o animal comezou a dar saltiños para chamar a súa atención. Pedíalle, ao seu xeito, que o seguise, mais o seu novo dono continuaba sen reaccionar.

—Ti queres leite –dixo o home vestido de branco–. Veña, pasa, que che sirvo un pouco. Logo volvemos polo neno, a ver se dá reaccionado.

E iso foi exactamente o que espertou a Muriel, quen, antes de quedar só naquela inmensidade, atreveuse a dar un paso cara adiante que o leiteiro celebrou cun sorriso de satisfacción. Agardou a que entrase na mansión e pechou a porta tras eles. Os pasos ecoaban nos altos teitos, cun repenicar hipnótico que relaxou a tensión.

Malia a lonxitude do corredor, alí había moita luz. A Muriel gustáballe. Notaba máis claridade ca en calquera outro lugar de Cartaria. Nas paredes non había adornos. Nin un só. Axiña chegaron á primeira estancia, unha cociña cunha enorme fiestra que daba ao xardín. Dun chineiro, o home sacou unha botella de leite, que elixiu dunha chea delas, todas aliñadas en perfecta orde. Abriuna con coidado e verteu parte do líquido nun prato fondo. Deixouno encol da mesa de madeira e Blim saltou ao banco para beber nel.

—Ti queres? –ofreceulle a Muriel, que negou coa cabeza, incapaz aínda de falar.

O leiteiro volveuse de novo cara ao andel e remexeu na colección de botellas. Buscou ben entre elas e, finalmente, sacou outra. Abriuna aínda con máis delicadeza cá primeira e uliu o contido pechando os ollos ao tempo. Encheu medio vaso con el e deullo a Muriel, que o colleu nun acto reflexo.

—Bebe, faime caso. Sentarache ben.

Obedeceu. O sabor era lixeiramente mentolado cun ton de canela. Relaxáronselle os músculos, incluído o da lingua, polo que deu en falar, curioso.

—Tes moitas botellas de leite.

—Teño. Claro. Son o leiteiro! Lembras?

Muriel calou, pero só un intre. Había algo que levaba días remoendo na cabeza.

—E as etiquetas?

O leiteiro sorriu satisfeito de novo, pero de costas ao cativo, para non ser visto. Aínda necesitaba ver como reaccionaba aquel rapaz antes de confiarlle os seus segredos. Xirou sobre os talóns e mirouno de fronte.

—Iso é o primeiro que se che ocorre preguntar?

Muriel sobresaltouse. Non quería parecer impertinente. Apenas acertou a erguer os ombros, mais o leiteiro soubo ler nos seus ollos un interrogante.

—Deberías comezar polos saúdos e, xa logo, preguntar o nome, Muriel. Isto das presentacións non se che dá moi ben, polo que vexo.

En lugar de ocultarse, o neno emendou o erro.

—Perdoe, señor leiteiro. Non estou afeito a coñecer xente. En Cartaria sempre somos os mesmos. A única novidade foi Blim e xa se ve que ata o nome lle tiven que adiviñar. Desculpe os meus modais.

O leiteiro riu con ganas e tendeulle a man con franqueza.

Gustáballe o pícaro.

Capítulo 15

Foi así como Muriel coñeceu a Fígaro.

—Tes un nome ben raro –espetoulle.

—Eu tampouco coñecía ningún Muriel –retrucou o home, comprobando que o vaso de leite cumprira o seu cometido de soltarlle a lingua ao rapaz.

—Si, xa. Non fai falla que sigas. Aínda me has dicir que é nome de muller e esas cousas que estou farto de oír. O caso é que... ti vives aquí ou que?

—Si.

Muriel agardou un chisco a que chegase unha explicación, pero vendo que Fígaro seguía ao seu, recollendo a escudela de Blim, volveu ao ataque.

—Si? Xa está?

—E que máis queres? Vivo aquí. Xa.

O rapaz decatouse de que a investigación podía ser infrutuosa se non a encamiñaba ben, polo que aguzou o enxeño.

—U-las vacas, as ovellas ou as cabras? Si –continuou ante a impasibilidade do seu interlocutor–, os animais que che dan o leite que andas a repartir. E non me veñas con iso de que están a pacer, porque se é así, haberá unha corte ou sala de muxido, ou... como mínimo –pensouno ben antes de dicilo– fedor a xurro. E aquí –continuou confiado–, nin vexo nin me cheira a nada de todo isto.

Nese momento, Blim saltou da mesa abaixo e acomodouse aos pés do seu amo, coma se el tamén estivese de acordo con todo o que Muriel acababa de razoar.

—Isto non se parece en nada a unha leitaría.

E o mundo, durante uns instantes, enmudeceu. Muriel temeu que tanta soltura non lle favorecese e xa agardaba o berro atronador botándoo fóra. Mais a mudez rompeuse de xeito inesperado para el.

—Pois si que o é –sentenciou Fígaro, sen máis.

A Muriel o silencio parecéralle eterno. Durante ese breve lapso de tempo, o leiteiro confirmou que aquel neno era tan especial como imaxinara, capaz de manter a compostura nas situacións máis inverosímiles, polo que agora estaba a agardar a nova reacción.

Blim notou como o seu amo o acariñaba e o collía no colo. Mirou con ollos tristeiros ao leiteiro. Aquel xesto non podía significar outra cousa máis ca unha despedida. Sentiuno empezar a falar.

—Prométoche que agora mesmo non hai nada que me apeteza máis ca saber o que pasa aquí co leite, pero levamos moito tempo fóra da casa e meus pais hanse preocupar. Grazas por convidarnos, foi un pracer. Pero debemos marchar se non queremos meternos nunha boa.

—Levas razón –asentiu o home, agardando a que Muriel lle dese as costas para saír, cousa que fixo tras despedirse coa man. E a continuación, engadiu–: pero se é por iso, non te preocupes. Deixeilles un queixo especial. Despois de tomáreno, non che van dicir nada.

Ao pronunciar as últimas palabras saíulle da boca o sorriso máis ledo que Muriel vira xamais en Cartaria, cheo de picardía e ilusión. Acompañábao unha mirada cómplice que semellaba dicir: Que?, nun ton provocador.

—Pois ti dirás –espetoulle Muriel como resposta.

—Eu? Ca, ho!

—Logo quen me vai ensinar esta *casa*? –pronunciou a última palabra con énfase, como dando a entender que, casa casa, moito non parecía.

—Ti! As portas están abertas. Vai onde queiras.

—Eu só?

—Tranquilo, non te perderás. Se ves que non me atopas, berra por min. Perde coidado, que estea onde estea, heite oír e hei de acudir.

Muriel pensouno un pouco e logo tomou a seguinte decisión.

—De acordo. Pero non irei só. Dáme a min que Blim coñece ben este sitio. Irei con el.

Raposo e neno saíron da cociña por esa orde, coma dous lóstregos. Desta volta, Blim volvía tomar a dianteira, alí estaba seguro e xa non tiña medo. O neno seguíao e Fígaro quedaba sorrindo, mirando pola ventá, plenamente satisfeito.

A maior parte das estancias non eran moi distintas ás da súa propia casa. Amplísimas, e extraordinariamente luminosas, mais polo resto, pouco tiñan de salientable. A Muriel gustábanlle todas e sentíase a gusto nelas. Agora si podía dicir con propiedade que non lle importaría nada vivir naquel lugar tan especial. Había pezas con camas e roupeiros, cadeiras próximas ás fiestras e unhas cantas cómodas; mesas de noite, lámpadas de pendurar ou de mesa, incluso de pé. Algún andel, case baleiro e, de cando en vez, unha mesa de escritorio. Varios baños, algúns dentro dos cuartos. E tres salas, todas con cheminea, á parte dunha biblioteca, a máis ampla das estancias.

Nin rastro de gando, nin de leite. Blim e Muriel pasearan por toda a planta baixa e o primeiro andar e aquilo parecíase máis a un despacho dun mandatario ca a unha leitaría. Ou Fígaro non vivía alí, ou non era leiteiro. Pero... muxir vacas naquel castelo, simplemente non cadraba.

Volveron á cociña. Fígaro seguía alí, agora cociñando algo que recendía deliciosamente.

—Isto non é unha leitaría –díxolle Muriel sen darlle tempo a que o mirase sequera. Tampouco o home fixera o intento e respondeu sen levantar os ollos da cazola.

—E logo? Estás seguro?

—Blim e mais eu revisámolo todo. Un e outro andar. E non hai nada. Miramos arriba e abaixo, diante e detrás, dentro e...

E no canto de rematar a frase tal como pensaba, berrou:

—Arreando, Blim! O misterio debe resolverse fóra.

Fígaro case non o escoitou, pois Muriel xa saía pola porta. Continuou cociñando cun sorriso nos labios mentres observaba a neno e raposo avanzar polo xardín adiante. Sabía que o rapaz andaría na procura das vacas, ovellas ou cabras e, como non daría con elas, axiña regresaría á cociña cunha chea de preguntas. Quizais se excedera un chisco coa dose de optimismo que lle puxera no leite, pero agora xa non había que facerlle.

Trasacordou.

Ben pensado, era mellor que naquel primeiro encontro os dous fosen abertos e sinceros, pois a partir de entón deberían decidir se continuar polo camiño da amizade e a confianza ou, pola contra, beber o leite do esquecemento, que borrase da memoria de Muriel aquel encontro. Fígaro non dispuña de moito tempo, así que confiou en que Blim e Muriel volverían axiña esixíndolle explicacións.

Capítulo 16

O laboratorio lácteo achábase no soto. Era unha estancia autenticamente fascinante. A Muriel parecíalle demasiado pequena para envasar alí litros e litros de leite. Claro que logo chegaría a saber que os litros máis ben eran poucos, pero nese momento foi a impresión que lle produciu. Debía ser o único cuarto de todo o castelo que tiña pouca luz. Ata a lámpada que penduraba do teito emitía un tenue brillo amarelo.

Había frascos, probetas, vasos de precipitados, tubos de ensaio, decantadores, pipetas, morteiros, placas de vidro, Erlenmeyer, matraces, funís, goteiros... e fume. Moito fume de distintas cores. E burbullas. Néboa. Cristalizadores, cápsulas Petri... máis matraces e frascos a dar cun pau. Ao final de todos aqueles aparellos, un serpentín e un funil de decantación do que ía pingando o leite.

Así que aquel era o laboratorio... nin sala de muxido, nin vacas, nin pacas de herba... nin nada. Un laboratorio para producir leite. Máis ben escaso, por certo. Con aquel ritmo de produción... pouco traballo de reparto tería Fígaro. O neno mirou de esguello o seu anfitrión, que o acompañara ata o soto para darlle as explicacións que Muriel reclamaba. O home, que semellaba intuír os pensamentos do pícaro, sorría mentres miraba satisfeito o seu universo. Pero Fígaro intuía que no maxín de Muriel estaban a cocerse máis preguntas das que aquel laboratorio podía contestar para satisfacer a súa curiosidade, polo que soubo que sería absurdo negar a evidencia. Tan só quixo adiar un pouco o momento de esgazar o engado hipnótico que todos os cachifallos producían nos dous, pois el era o primeiro en relaxarse ao escoitar o gorgolexo dos trebellos fabricando aquelas esencias. Fígaro era consciente de que lle debía unha explicación e, sen apartar os ollos do mecanismo de vidros e fluídos, confesou:

—Si, Muriel. Claro que hai máis. Non ía pasar a vida entregando unha ou dúas botellas ao día. As túas sospeitas apuntan ben, mais para chegar ao branco temos que subir ao torreón –e dito isto, botou a andar.

Para acceder ás escaleiras da torre había que entrar por un portelo case incrustado na parede. O pasadizo era angosto, lóbrego e frío. Custaba ascender dun chanzo a outro, pois eran altísimos. Fígaro debía estar en boa forma se os subía máis dunha vez ao día.

Blim volveu amosar os seus medos. O sitio gustáballe tan pouco como o camiño neboento que os levara ata aquel lugar tan sorprendente.

A medida que ascendían, a luz volvíase máis próxima e intensa, coma se a cada paso medrasen as ventás nas paredes, que se ían esluíndo nunha torre circular, pequena e feituca.

Por fin chegaron ao cuarto que buscaban, onde unha sorte de porta semicircular indicaba a entrada. O aldrabón era de ferro, pesado e grande, coa forma dun puño pechado. Fígaro non o tocou, limitouse a empurrar unha das follas da porta, dividida en casetóns tallados con diversas figuras xeométricas intercaladas, que repetían un patrón moi elegante e orixinal.

A folla de madeira cedeu á presión sobre os seus gonzos, abríndose sen resistencia ningunha.

Muriel sentiu unha intensa emoción ao descubrir o espectáculo que agardaba por eles tralas portas. Blim acocharase entre as súas pernas, nun intento de amarrarse á realidade e evitar que o dominase a situación. Ao aloumiñalo, relaxouse e situouse ao seu carón.

As ventás só eran vans nas paredes, sen cristais nin contras que os protexesen. Esa era a razón de que o vento entrase na estancia como dono e señor da mesma, inundándoo todo dun frío xélido que avivaba os sentidos. Os refachos ían dun lado a outro das paredes, debuxando correntes de aire que remexían todo ao seu paso. No cuarto arrebolábanse os papeis, esparexidos por aquel vendaval, desde o teito ata o chan, debuxando espirais e traxectorias hipnóticas para o neno, que seguía os seus movementos sen pestanexar. Quizais foi por iso polo que tardou en decatarse de que os papeis voaban todos gardados en sobres perfectamente pechados, selados e escritos.

Cartas! –exclamou ao descubrilas.

Podería ser aquilo tamén un almacén de correos? Na vila non había nin estanco para selar, nin caixa de correos para deixar os envíos, nin moito menos unha estafeta ao xeito. Que pintaba un almacén de misivas nun lugar coma aquel? Muriel non entendía absolutamente nada, pero aínda non fora quen de levantar os ollos do espectáculo de celulosa e interrogar a Fígaro, quen agardaba expectante para despexar as dúbidas do rapaz.

Un refacho de vento sacou pola ventá un dos sobres, que sobrevoou o xardín perdéndose de vista en poucos segundos. Muriel entrou na sala de maneira impulsiva, coa intención de rescatalo a tempo, mais o monte de cartas que se amoreaban aos seus pés impedíronlle moverse polo cuarto adiante. Non puido dar máis dun par de pasos. Foi ao verse dentro cando se decatou da austeridade daquel lugar. Nin un moble, nin un cadro nas paredes espidas, nin cortinas, nin cristais. Nada. Na sala só se apiñaban e voaban os sobres, de distintos tamaños e cores, aínda que os que máis chamaran a atención do rapaz desde o primeiro instante foran os alongados, máis pequenos.

Fixouse en que non todos levaban remitente, pero si enderezo de envío. Polo tanto, aquelas cartas pertencían a alguén, ou, para sermos precisos, a alguén que as escribía e a alguén que as recibía. Pero esta reciprocidade perdérase e os destinatarios quedaran sen recibir as mensaxes correspondentes, un fragmento de vida que lles pertencía. Aquel castelo debía ser un estado intermedio.

O neno continuou mirando e estudando a danza das misivas no aire. Sentía que as cartas lle estaban a falar, coma se lle quixesen dicir algo, ou pedir axuda. E o pensamento dirixiuse a aquel sobre que saíra voando polo oco da parede de pedra.

Non sen dificultade, volveuse sobre os seus talóns. Fígaro e Blim seguían ao outro lado da porta, mirándoo con atención. O raposo deitárase no chan, coma se presentise que Muriel tardaría en abandonar aquel lugar. O aire xélido arrepuiñábaballe o pelo ao animal, aínda que non semellaba pasar frío. Muriel sentía arrefriárselle o corpo enteiro, pero non quería saír de alí. Pese a todo, animouse a preguntar:

—Que pasa coas cartas que saen voando?

—Pérdense –o home non quixo maquillar a verdade.

Muriel aínda tardou un chisco en atreverse a facer a segunda pregunta, pero tiña unha intuición e necesitaba saber que non se equivocaba con ela.

—É ese o seu destino?

Fígaro sorriu. Máis ca un sorriso foi unha expresión de alivio e satisfacción. A voz soou compracida:

—Exactamente. O esquecemento.

O neno regresou ao seu lado e seguiu coa investigación, agora máis confiado.

—E o motivo?

—Varios –respondía o home con seguridade e sen rodeos–: Que xa é tarde para o que din; que os tempos mudaron; que...

—Comprendo –interrompeuno o neno–. É un xeito de autodestrución. Pero... tes traballo abondo coas outras, polo que vexo. De feito, estánseche amontoando. Porque estas terás que entregalas ti, ou equivócome?

—En nada, Muriel. Atinaches perfectamente –e sorriron os dous.

—Canto tempo levas facendo isto? –quixo saber o rapaz.

Fígaro non respondeu a pregunta.

—Vai ser mellor baixar e falarmos. Apetéceche un vaso de leite?

Muriel non ocultou a súa desconfianza.

—Se non me borra da memoria todo o que vin hoxe, si.

Deixouse agarrar polo ombreiro e os tres iniciaron o descenso, algo máis doado que a subida, polas angostas escaleiras. Fígaro apenas podía ocultar a boa impresión que o pequeno lle producira. Estaba resultando aínda máis especial do esperado.

Capítulo 17

Muriel non chegou a descubrir todo o que pretendía, xa que Fígaro se amosou remiso a dar máis información do estritamente necesario para satisfacer a súa curiosidade. Non rematou de saber como acababan aquelas cartas alí, pero xa coñecía que, unha vez chegadas, mantiñan unha especie de autonomía ou vida propia, sendo os remuíños de vento os que decidían as primeiras que caían no cesto da bicicleta de Fígaro, buscando o seu destino.

Quizais tamén as facía entrar na torre un vendaval... pero a Muriel pareceulle que aquela incógnita era a menor das súas preocupacións. Para que o repartimento do leite? Era imposible que lle dese rendementos para vivir. Só manter aquel laboratorio había custar un imperio... E ademais, sospeitaba que cada botella de leite era diferente, cunhas propiedades específicas para cada destinatario, ao que, como mínimo, lle había mudar o carácter. Aquelas beberaxes levaban ingredientes que podían facer esquecer, soñar, volvelos valentes, ousados, atrevidos...

Que relación tiña a repartición do leite co asunto das cartas? A el leváralle algunha botella pero na súa casa ninguén recibira misiva ningunha.

Muriel sabía que debía elixir coidadosamente as súas preguntas se non quería defraudar a Fígaro e que este se pechase nun silencio incómodo e improdutivo.

—Desde cando existe este almacén aquí? –decidiu preguntar enfatizando a palabra *almacén.*

—Desde que Cartaria é Cartaria.

O neno entendeu que iso debía significar algo así como «desde sempre» e sorprendeuse moito de non ver antes a Fígaro ou outro «funcionario» que desempeñase o seu cargo. Iso era algo que tamén o intrigaba. Quen pagaba aquel traballo? Fígaro non podía vivir do aire...

Volveu caer na conta de que ninguén xamais lle falara da existencia do castelo. Nin sequera a avoa... pero agora presentía que ela non ignoraba a súa existencia.

Cartaria é Cartaria... claro! O castelo e as cartas sempre estiveran alí, entre eles, aínda que protexidos baixo aquela néboa mesta, por iso a luz non chegaba á vila e todo, e todos, se volvían grises!

—Por que non oín falar nunca de ti? –inquiriu.

—Porque todo isto é un segredo.

—Daquela... por que mo amosas?

Fígaro ergueuse, achegouse e remexeulle o pelo antes de responder cun sorriso tristeiro pendurado dos beizos.

—Ese é outro segredo, Muriel. De ti depende descubrilo algún día.

E con estas palabras, abandonou o cuarto, deixándoo só, pois Blim tamén saíu tras el.

Capítulo 18

Ao día seguinte, na casa de Muriel almorzaron todos xuntos, igual ca outro día calquera, coas habituais conversas que iniciaban o día, coma se a xornada anterior Muriel non desaparecese durante horas. O almorzo en familia, por suposto, incluía a Blim, que era o único que miraba para o neno con ollos pícaros, invitándoo a lembrar o que viviran o día anterior. Apenas recordaba a chegada á casa, pero o resto do día podería repetilo segundo a segundo sen errar nin un paso. O leite e o queixo do que lle falara o leiteiro debeu provocar aquela amnesia selectiva, pois os pais nada preguntaron e despedíronse del coma se non o agardasen ata a hora da cea. A Muriel aquilo pareceulle moi estraño, mais preferiu non preguntar e saíu da casa seguido por Blim antes de que alguén cambiase de opinión.

Desta vez, o camiño ao castelo de Fígaro figuróuselle moito máis curto. Tardou en atopar un globo no ceo que o guiase. Para cando deu con el, a néboa volvera impracticable o vieiro polo que ata aquel momento se guiara pola memoria. Fora moi sinxelo lembrar o traxecto ata aquel punto, así que o tempo empregado foi considerablemente inferior ao da véspera. A Blim xa había un anaco que o perdera de vista.

Os minutos entre a néboa tamén lle pareceron moitos menos, aínda que foron abondos para que se lle xease o corpo enteiro.

Fígaro achábase fóra, ao pé da bicicleta. Montou nela e púxose a bordear a edificación, con Muriel pisándolle os talóns. Apenas o saudara desde lonxe, e botara a rodar no triciclo. Situouse na vertical á fiestra do torreón, xusto no momento en que as cartas empezaban a saír voando, debuxando movementos curvilíneos. Unha delas comezou a ascender e a afastarse a gran velocidade, perdéndose do mesmo xeito ca a que vira Muriel, pero as outras tres descendían nunha especie de zigzag, coma o que trazaban as follas do carballo do seu xardín nunha tarde de outono. Caeron mainas ata coárense na cesta do triciclo de Fígaro.

—Monta ti tamén! –berrou chamando polo neno, cunha enerxía que non lle vira ata o momento.

Non acabara de convidalo cando Blim saltou dentro do cesto e Muriel acabou por facer o mesmo, aínda que nun principio se amosara reticente pensando no esforzo que tería que facer Fígaro para avanzar. Ao instante decatouse de que o condutor non necesitaba dar aos pedais porque a bicicleta rodaba outeiro abaixo, empuxada pola inercia.

Amoreábanse as preguntas na cabeza do neno. Quen conduce? Quen nos guía? Imos entregar as cartas? Onde?

Por suposto, Muriel non se atreveu a preguntar. Ía máis preocupado de non saír voando daquela cesta que de calquera outra cousa. Tanto medo levaba no corpo que non se atrevía a xirar a cabeza para verlle a cara de emoción a Fígaro. Mais iso non durou moito, porque de alí a nada a velocidade diminuíu, ao tempo que o facía a pendente do terreo. Discorrían agora por unha zona chá, despois de deixaren atrás o castelo, perdido no outeiro.

Muriel acomodouse na cesta, sen deixar de mirar de fronte. Non recoñecía o horizonte que se lle poñía por diante. Pareceulle percibir unha ponte ao final e o posible abismo asustouno. Virou sobre si e preguntoulle a Fígaro, quen se mantiña dereito sobre o vehículo:

—A onde imos?

—Aínda non o sei –respondeu o home, recoñecendo nos ollos do neno a preocupación–. Saímos en sentido oposto a Cartaria, pero ignoro ata onde chegaremos. Non te preocupes –sorriulle–, sempre comeza así.

Blim aproveitou o momento distendido para acocharse no colo do neno. Notábase que ía cómodo e relaxado, posiblemente porque fixera aquela viaxe outras veces, acompañando o carteiro. O neno acariñouno, ata que adormeceu.

A ponte salvaba outro abrupto desnivel coma se o castelo estivese situado no alto dun outeiro protexido por esgrevias abas capaces de illalo do resto dos montes que o arrodeaban. Era moi semellante ao acceso desde Cartaria, pero neste caso sen a mesta néboa que o escurecía e agrisallaba todo, imprimíndolle un aire de melancolía e tristura que o dominaba todo e a todos. Por diante, unha vasta superficie de pradaría auguraba un mundo mellor.

Curiosamente, Muriel sentíase cómodo naquela viaxe, por moito que o vehículo, o motivo da partida e incluso o modo resultasen pintorescos. Volveu a cara para o condutor coa idea de dedicarlle un sorriso ilusionado e, xusto cando o esbozaba, viu como un dos sobres que levaba ao seu carón se convertía nunha paxariña de papel e saía voando. Mirouna arredarse e axiña volveu os ollos ao condutor, que imprimindo un enérxico brío aos pedais explicou:

—Outra que se vai. Pasoulle o seu tempo. Non te preocupes. Ocorre continuamente. Voan. Se teñen que volver, xa o farán. Saben o camiño. –E foi el quen sorriu confiado.

Quedaban dúas cartas e Muriel sentiuse dominado polo desacougo e a incerteza. Fígaro intuíuno e quixo animalo de novo.

—Tranquilo, axiña nos dirán. Ten paciencia.

Nun principio, o neno non entendeu o significado daquelas palabras, mais non tardou en comprendelas, pois de alí a nada, unha das cartas que quedaban no cesto voou levemente para aterrar no seu colo. Asustouse e sentiu un calafrío, mais ao instante escoitou a voz do leiteiro:

—A onde vai dirixida a carta? Mira o destinatario e dimo. Esa é a que temos que entregar agora.

O cativo reaccionou despois duns segundos, buscando no enderezo o lugar ao que ían dirixidas as palabras escritas.

—Martiñeira! –exclamou despois de atopar o que procuraba–. Para Sofía Freire.

—Martiñeira! –repetiu emocionado Fígaro, poñéndose a pedalear con enerxía renovada–. Hai un mundo que non paso por alí, así que... adiante, meus bravos!

Muriel xamais oíra falar da Martiñeira. De feito, case non escoitara nada sobre ningún lugar que non fose Cartaria. Pero se tiñan que chegar e regresar naquela bicicleta, non podía quedar moi lonxe.

Acomodouse e deixouse ir, mentres os seus pensamentos voaban poñéndolle imaxe e voz a Sofía ao recibir a carta.

Capítulo 19

Martiñeira resultou unha vila repleta de luz e color. Había unha morea de xente polas rúas, tendas abertas, nenos xogando, portas franqueadas, ventás luminosas... Movemento. E todos ao seu, pois por moi estrambótico que a Muriel lle parecese o vehículo de Fígaro, alí ninguén reparara nel. Coma se todos os martiñeirenses tivesen un par daqueles artefactos na casa, aínda que o rapaz non se cruzara con nada semellante en todo o traxecto. Debía ser que, sinxelamente, lles daba igual ou non reparaban nas cousas diferentes. Pero o caso era que todos alí parecían felices, ao contrario que en Cartaria, onde os veciños vivían sumidos na melancolía e a tristeza que campaban por cada recuncho da vila. Muriel preguntábase como era posible que dúas vilas tan próximas fosen tan diferentes. Ata os seus vilegos vestían distinto, con roupas máis alegres que os cartarienses!

A velocidade dos seus pensamentos foi ao ritmo do pedaleo que diminuíu progresivamente, facendo que Muriel volvese a vista ao condutor á espera de indicacións e que Blim comezase a espreguizarse. Durmira a sono solto! Cando o raposo saltou dun brinco fóra do cesto, o neno comprendeu que non era a primeira vez que entregaba unha carta con Fígaro, pois parecía coñecer o mecanismo de memoria. Nun xesto dos ollos do home pareceulle ver que o convidaba a facer o mesmo e Muriel saltou da cesta coa mesma axilidade que Blim. Agora camiñaba a carón do triciclo, en silencio e observando. Reinaba unha agradable calma.

Atopar a casa de Sofía tampouco había ser tarefa tan ardua, pois todas as rúas levaban nome e cada porta estaba sinalada cun número. Aínda que Muriel non os memorizase, era consciente de que no sobre ían escritos eses dous datos. Con todo, Fígaro explicáballe que as entregas non sempre eran doadas, mesmo en casos coma estes, en aparencia sinxelos. Ás veces a carta tardaba tanto en chegar desde a súa redacción que xa o destinatario deixara de vivir naquel lugar, e seguirlle a pista podía complicarse.

O neno presentía que desta volta a mesma Sofía ía abrirlles a porta. Ou igual non facía falla, e deixaban a misiva na caixa do correo.

Non. De ningunha maneira farían iso. Fígaro insistiu na necesidade de asegurarse da entrega, custase o tempo que custase. Unha vez que saíran da torre, as cartas debían chegar ao seu destinatario.

Baixou da bicicleta e ruaron os tres xuntos polo lugar. Formaban unha simpática comitiva: Fígaro, de branco dos pés á cabeza, acompañado por un neno de pelo castaño e roupa de cor e Blim pechando o grupo de par del. Por estraño que pareza, ninguén os miraba ao seu paso, ou polo menos non máis ca aos demais peóns. Había quen saudaba por cortesía e tamén quen continuaba no avance apurado sen reparar no trío.

—Preguntamos? –suxeriu o neno.

—O que?

—Que vai ser, onde está a rúa!

—Ahhhh! Non, non... iso só en casos extremos.

—Por que? –quixo saber o neno, convencido de que o máis rápido e práctico era preguntar.

—Home... Pois porque os carteiros sempre coñecen o seu lugar de traballo! Sería moi sospeitoso preguntar iso.

Muriel pensaba que moito máis estraño era andar de paseo cunha carraca como aquela bicicleta, por non falar do animal que os acompañaba, mais non quixo contradicir a Fígaro e seguiu avanzando ao seu carón. Iso si, tomou nota de que Fígaro acababa de pasar de leiteiro a carteiro.

—Non te preocupes. Déixate ir, sen presión. Sempre aparece. É coma se a porta se plantase diante de nós. Confía en min.

O rapaz tiña claro que Fígaro era un auténtico profesional do oficio, pois canto ía dicindo acontecía despois. Unha raiola de sol refulxía sobre o número 23, labrado en latón, enriba dunha das portas da rúa Freixeira. Ao sentir os brillos da cifra escintilar nos seus ollos, Muriel soubo que aquela era, sen dúbida, a casa de Sofía. Non lles fixo falla comentalo. Camiñaron os tres dereitos cara ao mesmo punto, que non era outro cá porta da morada de Sofía. O home controlaba mellor a sensación, pero ao cativo parecíalle que en calquera momento o corazón ía escaparlle do peito, do acelerado que o levaba. Tremíanlle as pernas e sentía un desagradable desazo na boca do estómago. Fígaro coñecía aquel desacougo. Sufrírao moitos anos atrás e, cada vez que facía unha entrega, os nervios previos lembrábanllo.

—Atópaste ben? –quixo asegurarse de que o seu acompañante estaba cómodo naquela misión. O xesto afirmativo da cabeza pareceu convencelo e continuaron sen deterse ata chegaren ao pé da entrada.

Muriel agradeceu que o carteiro se parase a aparcar o vehículo. Necesitaba tomar aire. Era a primeira vez que se vía nunha situación coma esta. Pero... que podía pasarlles? Nada. Só ían entregar unha carta. Non sabía por que estaba tan emocionado.

A porta abriuse, colléndoo por sorpresa. Agora as raiolas de luz iluminaban unha nena que a Muriel lle pareceu fermosísima.

O sol tostáralle a cute e pintáralle o cabelo louro. En Cartaria non había nenas así. Tiña nos ollos unha irisación verdosa que o deixaba marabillado. Cada vez que pestanexaba era coma se unha bolboreta se botase a voar. Aquela cativa rebordaba vida en cada poro da súa pel.

Fígaro sorriulle compracido, consciente do feitizo que Sofía causara en Muriel.

—Ola –saudounos a rapaza, sorprendida de atopalos parados fronte á súa porta.

—Ola! Sofía? –aventurou Fígaro. A Muriel xamais se lle ocorrería pensar que aquela fermosura era a destinataria da misiva. Na súa mente creara unha muller maior e triste, cansa de agardar novas do home, do pai ou dos fillos. Ao escoitar o tímido *si* foi incapaz de respirar, notando a presión no peito.

Axudouno a reaccionar o empurrón que lle deu Fígaro. «Fálalle», pareceulle escoitar nun murmurio. Pero ante o silencio, Sofía insistiu.

—Por que me buscades?

Muriel sentiu o papel entre os seus dedos e achegoulle o sobre con delicadeza:

—Traémosche unha carta –logrou articular xusto ao pousala sobre os gráciles dedos da nena.

CAPÍTULO 20

SOFÍA facía ese día doce fermosos anos. Estaba feliz, radiante. Quizais por iso non lle sorprendeu recibir unha carta xusto nesa data. A súa primeira carta. Sorriu cando lla entregaron. Dixo un «grazas» cantareiro e deu uns saltiños de alegría antes de examinala con atención.

Mirou o seu nome escrito no sobre:

Sofía Freire Neme

Pareceulle fermoso, sonoro e contundente. Estaba escrito con tinta verde, cousa que lle pareceu especial. A letra era delgada e bicuda, angulosa.

Freixeira, 23
A Martiñeira

Máis nada.

Volveu sorrir ao rematar de ler. Mirou aquel grupo curioso que agardaba algunha reacción dela, aínda que non sabía moi ben o que esperaban... Xa lle deran a carta! Que máis querían?

Deulle a volta. Viña sen remitente.

—Non sei quen ma envía –comentou por ser amable con eles.

Durante un momento, Muriel temeu que fose devolverlles a carta, o cal sería un auténtico desastre. Pero Fígaro, co seu bo facer e experiencia, reconduciu a situación.

—Nós tampouco o sabemos. Só necesito que a abras. Cando o fagas, irémonos. Non te preocupes.

Sofía aínda botou outro ollo ao sobre, buscando un cuño, mais tampouco puido saber cal era o lugar do que procedía. Non o levaba. Mirou aos ollos do home que lle acababa de falar e confiou nel. Resgou o sobre por un lateral, con moita elegancia, e sacou un papel perfectamente encartado. Antes de abrilo, sentou baixo o lintel da porta. Buscou na forma da letra algunha pista, mais non deu con ela, por iso comezou a ler.

Querida Sofía.

Xa tes doce anos... moito medrou a nosa netiña!

Empezou a tremerlle o corpo todo. As letras bailábanlle e non deu continuado coa lectura. Eran os avós. Antes nunca lle escribiran unha carta a ela. Facíanlle chegar moitas fotos, pero a través das cartas ou paquetes que lle enviaban á súa nai. Esta era só para ela. E chegáballe xusto o día do seu aniversario. Que agasallo tan estupendo!

De súpeto, lembrouse dos curiosos carteiros que lla entregaran e quixo facelos partícipes da súa alegría.

—Son os avós! –berrou emocionada ao tempo que levantaba os ollos cara a eles. Pero a estraña comitiva de correos xa non estaba ao pé da casa, emprendera o camiño de regreso.

Volveron a cabeza ao oíla para sorrirlle e saudala. Parecían satisfeitos. O raposo moveu a súa cola peluda nun xesto paverísimo que desatou a risa de Sofía.

Fígaro botou unha man por riba do ombreiro do neno. Coa outra dirixía a bicicleta.

Sofía volveu á lectura da carta, esta vez enfrascándose nela por completo, sen saltar unha coma, memorizándoa para si.

—Nunca quedas para coñecer o contido das cartas? –preguntou o neno, xa instalado dentro do cesto do vehículo.

—Case nunca.

As respostas do carteiro sempre sabían a pouco.

—Cando é ese «case»?

Fígaro sorriu ante a insaciable curiosidade do pícaro.

—Cando mo piden.

—Ah! Que sorte! –saíulle da alma a Muriel, que estaba moi amolado por non saber o que os avós de Sofía lle dicían na carta.

—Non creas –respondeu lacónico o carteiro.

O rapaz quedou pensativo. Nese momento non había nada no mundo que lle puidese apetecer máis que coñecer o contido daquel sobre. Era imposible que a Fígaro non lle picase tamén a curiosidade. Xuraría que incluso a Blim lle incomodara marchar sen coñecer a historia.

—Como podes dicir iso? –Muriel non entendía o comportamento esquivo do carteiro–. Quen me dera saber o que di esa carta!

Fígaro pensou moi ben as seguintes palabras que ía dicir. Non quería ferir o rapaz, nin asustalo, mais tampouco mentirlle. El tamén pensaba que se a avoa do neno estivese alí, todo sería máis doado de explicar... Pero non estaba.

—Hai moitas razóns, Muriel.

O neno pensou que a continuación lle debullaría cada una delas. Debían formar unha lista moi grande... pero nada diso aconteceu ata que o pequeno o instou a facelo.

—Son todo oídos, xefe –fixo gala de retranca.

O vello sorriu. Aquel pícaro era moi espelido.

—Unha carta é algo persoal. Por iso levan indicado o destinatario, porque só pertencen a esa persoa. É unha comunicación entre el e o remitente. Exclusiva. Só os dous poden decidir se compartir o contido. Por iso non debemos forzalos a tal cousa. Ademais, nas cartas poden facerse confesións, o que debe considerarse un acto íntimo. Por iso sempre debemos arredarnos. Se nos reclaman, é outro cantar.

A Muriel sorprendeulle que Fígaro utilizase o plural, coma se de aí en diante fosen ter máis encargas que facer os tres xuntos, mais preferiu non interromper e seguir escoitando.

—Tes que ter en conta –seguiu o carteiro tras unha breve pausa– que as cartas non só levan boas novas. Hainas tristes e desalentadoras. A dor que carrexan é tan forte que desgasta.

Enmudeceron os dous. Muriel non reparara naquela posibilidade. Aínda percorreron varios metros máis antes de que o home continuase.

—Pero o peor non é iso. O peor son as preguntas.

O rapaz non comprendeu, mais non se atreveu a pedir explicacións, afectado aínda pola confesión anterior.

—Cando len as cartas comigo, ás veces buscan respostas ao que lles din. Teñen centos de interrogantes agardando. Estóupanlles dentro e requiren unha explicación. Unha para cada unha das preguntas. Queren que llelas dea eu. Pero eu non teño as respostas. Tan só levei a carta. Non coñezo quen a escribe nin quen a recibe... Non sei responder. Non podo. É desalentador e esgotador –asegurou ao tempo que paraba a bicicleta–. Que vos parece se descansamos un pouco? –engadiu nun ton moito menos solemne.

Blim saltou a terra e comezou a corricar. Estaban ao pé dunha chousa moi chusquiña, coa herba vizosa e varias árbores frondosas. Muriel sentiu de súpeto todo o cansazo acumulado por tanta emoción. A idea dunha pausa pareceulle estupenda.

Fígaro levaba unha botella de leite, que sacou nese momento. Beberon os tres un pouco e recostáronse contra o tronco dun plátano acolledor. Non tardaron en sumirse nun profundo sono.

Capítulo 21

No medio daquel sono profundo e reparador, Muriel soñou con Sofía. Víao todo tan real e auténtico que xamais pensaría que era produto da súa imaxinación. Neses momentos Muriel estaba con ela, observando como percorría unha a unha as letras da carta, cada liña, cada fragmento... coa mesma emoción que sentía a rapaza.

Os avós maternos de Sofía eran aventureiros. Só viaxaran á Martiñeira para coñecela, ao pouco de nacer a nena. Logo, volveran ás súas andainas polo mundo adiante. A rapaza seguía o itinerario nun mapamundi, grazas a todas as fotos que foran enviando e que Sofía gardaba nunha caixa de lata coma o maior dos tesouros.

Aínda que non os vise coa frecuencia desexada, Sofía profesáballes un inmenso cariño e seguía as súas aventuras con paixón.

Doce anos parecíanlles suficientes aos avós para convidala a unha viaxe con eles. Mandábanlle un billete para un voo. Unha viaxe en globo, que era o medio en que se trasladaban. Se lle daban permiso na casa, irían recollela de alí a quince días. Pasaría con eles case un mes.

Sofía daba voltas polo cuarto e chimpos de alegría, impaciente por contárllelo a seus pais. E xa pensaba nos gorros e bufandas que elixiría

para a viaxe. A tantos metros de altura reinaría un frío polar. Deixaríanlle os avós eses anteollos tan bonitos que saían nas fotos ou tería que levar os seus propios prismáticos?

Ata onde viaxarían?

Iso, a fin de contas, era o de menos. O caso era percorrer mundo con eles. Xuntos.

Sofía xa se vía en mil lugares, tantos como nas fotos que foran enviando os avós. Coas baleas, tan preto delas que o chafariz de auga que botan levantaba o cesto do aerostático. Ou cos paxaros tropicais de vivas cores. Tamén escalando montañas cubertas de neve. Camiñando polos glaciares, ou vendo o solpor na praia. Mesmo no medio do océano...

A mociña sentou no sofá, agarrada ao prego de papel, deixando que os seus soños botasen a voar. E xusto cando collían velocidade no medio dunha espiral, Muriel comezou a espertar. Espreguizábase amodiño, abrindo e pechando os ollos en intervalos moi pequenos.

Se non fose porque Blim e Fígaro estaban deitados ao seu carón, durmindo a perna solta, Muriel aseguraría que todo este tempo estivera na casa de Sofía, descubrindo con ela a mensaxe da carta.

O carteiro comezou a incorporarse. Muriel viulle un sorriso de felicidade na cara. Era evidente que a el tamén lle prestara aquel descanso.

Decidiu non contar nada do seu soño. Por moi real que lle parecese a el, aquilo non deixaba de ser produto do seu maxín. Tanto podía tratarse dun billete de globo coma un de lotaría. Nos soños, todo pode suceder. Quen sabe. Igual a Sofía o único que lle mandaran foran os resultados dunha proba médica. A Muriel parecíalle imposible que Sofía puidese ter ese amor polos seus avós sen coñecelos sequera. Semellaba que os quixese tanto como el á súa avoa querida...

—Durmiches ben? –preguntoulle o carteiro, que xa estaba enredando no triciclo para reiniciar a marcha.

—Si. E Blim tamén, polo que se ve.

O raposo continuaba enroscado sobre si mesmo, durmindo e respirando compasadamente.

—Iso parece, si –O seu compañeiro estaba de moi bo humor–. Imos ter que espertalo, pois debemos continuar. Tes fame?

—Ningunha. Ese leite sacioume!

Fígaro soltou unha gargallada. Gustáballe aquela naturalidade.

—A estas alturas, xa saberás que o leite que fago é especial, non si?

—Onde el vai! Pero...

Muriel pensouno mellor e deixou que a pregunta se perdese no aire.

—Pero... ? –quixo saber Fígaro.

—Nada. Non me vas responder, así que déixao –e camiñou cara a Blim, acariñándoo nun intento de atraelo ao mundo real.

—Quen sabe. Proba! –animouno Fígaro novamente.

O neno aínda o pensou un pouco máis antes de lanzarse. Finalmente, preguntou decidido:

—Como raios sabías que me facía falla ese leite? O da avoa. Vaia, o de non botala de menos... xa sabes.

Fígaro calou.

—Xa sabía eu que non me ías responder –comentou resignado.

A voz do carteiro soou cansa.

—Respondo, home, respondo. Mais non che vai servir de moito. Simplemente, non o sabía. Nunca o sei. Pasa algo moi similar ao das cartas... Deciden elas cal, como e cando saen. O leite é moi parecido.

Nas súas palabras notábase un asomo de tristura.

—De acordo –dixo o neno–. Tanto ten. A min prestoume. É o que importa.

Fígaro remexeulle o pelo. Aquel neno era estupendo.

—Cres que a deixarán, Muriel? –preguntou de súpeto.

O neno non entendía nada. Intentou pensar con rapidez, mais non ataba ningún cabo. Así que pediu axuda.

—Que a deixarán que? E a quen?

—Como que a quen? A Sofía! Cres que a deixarán ir de viaxe cos avós?

Muriel case cae do susto. Así que el soñara o mesmo! Sería polo leite que tomaran? Ou simplemente porque esa era a realidade?

Desta vez non quixo preguntar. Prefería quedar coa dúbida, ou coa ilusión. Dun chimpo montou no carro da bicicleta e asubiou chamando a Blim, que, nun dicir amén, estaba ao seu carón.

Fígaro deu a orde de partida.

—Veña! Imos! Que igual aínda temos que facer outra entrega hoxe. Non hai tempo que perder.

E comezou a pedalear con forza.

Capítulo 22

Ao final, as historias que tiñan que chegarlles acababan por coñecelas. Díxollo así Fígaro e Muriel non o dubidou.

De regreso á casa deixaron unha carta máis, a que lles quedaba no cesto da bicicleta. Nesta ocasión, o remitente era Matías Carril, un home encurvado polos anos e o peso das ausencias. Vivía nunha casa pequeniña, humilde e moi xeitosa. En cada recuncho, en cada detalle, víase a man dunha persoa sensible, cun gusto exquisito. Había libros esparexidos enriba dos andeis.

Matías era coleccionista. De soños, de selos, de bolboretas, de moedas, de papeis de caramelos, de tarxetas postais… Lembranzas. Vidas.

Quería ser pescador, mariñeiro... mais nunca chegara a saír daquel lugar. Estaba atado polas raíces.

De neno foi moi feliz. Amaba a tranquilidade das rúas despoboadas, dos paseos polo monte e do aire que se facía vento e lle revolvía as ideas.

Bulaba na terra e encantáballe estudar os milagres da vida por el mesmo. Observaba as estrelas no firmamento. Sabía das mareas e do que lles afectaba a lúa. Distinguía especies de avelaíñas e non esquecía os costumes migratorios das aves.

Os nenos adorábano. Sempre tiña historias que contar. Sabía das máis fantásticas batallas de piratas, dos desembarcos viquingos e de todo canto lle preguntasen. E amosáballes a natureza con mestría. Imitaba paxaros, domesticaba curuxas, atraía os esquíos. Descubríalles regatos e fervenzas, soutos e carballeiras, claros e escuros na vexetación. Distinguía cogomelos, facía tortas de mazá...

A Muriel recordáballe a súa avoa, á que tamén se lle daba ben calquera disciplina. Vaia, preguntouse, sabería calcetar? Crería Matías no po de estrelas? Daríalles aos nenos leite con mel?

Era unha mágoa que a avoa non estivese alí con el, encantaríalle coñecelo.

Ao ver o remitente, Matías púxose nervioso. Pediulles que quedasen con el para abrir o sobre. Posiblemente esa sería unha das cartas máis importantes que recibira na súa vida e non tiña con quen compartila. Vivía só.

—Por favor, queden comigo. Convídoos a un café.

Fígaro decidiu aceptar. Sabía cando a xente pagaba a pena e aquel home tiña un corazón que non lle collía no peito. Mais púxolle unha condición: convidalo a leite. Matías non comprendeu moi ben por que, mais aceptouno de bo grado.

Os tres sentaron ao redor da mesa da cociña. Blim deitouse baixo ela, despois de degustar un chisquiño de leite nunha cunca de cerámica.

Matías abriu o sobre.

Ao despregarse, o papel soou seco, coma se viñese de torrarse ao sol. Ulía estrañamente, a Muriel recordoulle o sal. O rapaz aguzaba os seus sentidos para non perder ningún dato daquela experiencia.

No bordo superior esquerdo, un escudo que non recoñeceu. A voz do anfitrión non lle deixou imaxinar máis. Escoitouse firme, aínda que crebada pola emoción.

D. IGNACIO SANMARTIÑO ESTRADA, VICERREITOR DE INVESTIGACIÓN E RELACIÓNS INTERNACIONAIS DA UNIVERSIDADE DE CANADÁ

Fai constar

que o estudante Matías Carril Pereira, con número de pasaporte 18.224.573–Q é admitido como doutorando na Simon Fraser University a partir do 1 de setembro do presente ano, polo tempo que el estime necesario, dentro do marco do Acordo Bilateral existente entre a devandita Universidade e o Ministerio de Desenvolvemento de Canadá.

Dado o interese que espertou o seu traballo sobre as medusas, a Universidade concédelle unha bolsa de estudos, nas condicións que figuran en documento á parte, ao mesmo tempo que lle ofrecen unha praza de profesor adxunto de Zooloxía Mariña para impartir os seus vastos coñecementos da materia.

Agardando que as nosas condicións e propostas sexan do seu agrado, quedamos á espera da súa resposta, que desexamos sexa afirmativa.

E para que conste aos efectos oportunos, asino o presente documento en Burnaby, British Columbia.

Matías quedou mudo. Non quixo mirar os demais papeis que ían dentro do sobre. Abondaba co que viña de ler.

Muriel mirábao cos ollos abertos coma pratos. Non sabía como actuar. Non se atreveu nin a xirar o pescozo. Ata que escoitou uns salaios. A Matías caíanlle as bágoas, rodando amodiño meixela abaixo. Estaba emocionado e nervioso. Pasara a súa vida agardando por unha oportunidade como aquela. Fixera todos os seus estudos a distancia e aos poucos, segundo lle permitían as obrigas familiares e os aforros.

Escribira aquel artigo sobre as medusas había algún tempo, mais non se atrevera a envialo a ningunha publicación científica ata había uns meses. Despois diso, todo fora unha voráxine de novas que o superaban. Aquela modesta publicación fora traducida a outras linguas, aparecera en revistas de impacto internacionais, chamárano para impartir varias conferencias... E agora, a oportunidade da súa vida!

Non eran só os estudos. Tamén as clases, o traballo, voar, viaxar, coñecer, aprender...

Nada tiña que deixar atrás. Podía pechar a porta daquela casa, o seu fogar, nese mesmo momento sen prexudicar a ninguén, sen máis consecuencias que o baleiro que sempre desgasta as vivendas.

Ao final, o esforzo pagara a pena.

Fígaro ergueuse e pousoulle a man no lombo. Foi cando a emoción se trocou en pranto.

Capítulo 23

As fins de semana transformáranse nunha nova rutina. Muriel e Blim subían ao castelo de Fígaro, saían de repartimento e regresaban á casa coa botella de leite que o carteiro lles daba para cear. Os seus pais xa almorzaran unha beberaxe especial que lles deixaba o leiteiro na porta. Ese era o xeito de manter o segredo a salvo.

Muriel volveu ser tan feliz como nos tempos en que a avoa calzaba as babuchas e contaba contos.

A semana avanzaba lenta, pero aqueles dous días que pasaba no alto de Cartaria voaban.

Blim era un excelente compañeiro. Acompañábao, guiábao, coidábao e alegrábase cos logros conseguidos. Xamais protestaba, nin amosaba cansazo, amais de avisalos a el e mais a Fígaro dos perigos.

O neno coñeceu a Oliva, a avoa que recibiu a carta do seu primeiro amor, que nunca logrou esquecela. A misiva non chegou ata que levaba tres anos viúva, tal coma o seu namorado lles encargara. Non lle pedía nada, só quería que ela o soubese. Oliva agora anda a meditar se responderlle ou non.

Tamén entregaron na redacción dun xornal a carta-testamento dun náufrago que sobrevivira nunha illa deserta. Esquecera ata o seu propio nome. Os primeiros meses foran unha auténtica tortura, pero logo de levar alí varios anos, decidira quedar. Na carta confesaba que unha pequena embarcación fondeara naquel illote unha noite, resgardándose do mal tempo. O náufrago observara os tripulantes sen ser descuberto. Por nada do mundo quería saír do que xa era o seu fogar. Claro que todo isto tiveron que lelo Fígaro e Muriel, xunto cos demais lectores, no xornal, descubrindo así o que contaba a misiva que entregaran. A carta, remitida por un navegante solitario que a atopora flotando nunha botella, chegou xusto despois do pasamento do náufrago. Nela explicaba que podían ir recollelo para soterralo, se alguén lembraba aínda a súa existencia e así o requiría, mais deixaba ben claro que o seu fogar era aquela illa. Non lle desgustaba a idea de pasar nela o resto da eternidade.

Nunha ocasión fixeron un reparto múltiple. Foi para a señora Abigail, a adestradora de pombas mensaxeiras. Os sobres saltaron do torreón ao cesto da bicicleta coma unha bandada de paxaros. Eran tantas que case non collían na cesta. Muriel non puido sentar dentro e os tres fixeran o camiño a pé. Algunhas das cartas apaiñaban por riba das súas cabezas, executando un fermoso minueto. Pero ningunha quedou atrás, todas chegaron ao seu destino. Fígaro e Muriel ían intrigadísimos, pois descoñecían quen era Abigail e, en todos aqueles anos de profesión, o carteiro xamais se topara cun encargo semellante. Despois souberon que a adestradora celebraba ese día a súa xubilación e moitas das persoas que fixeran uso do seu servizo de mensaxaría querían agradecerlle o seu labor. As pombas mensaxeiras son moi especiais, como a información que portan.

Ao principio, o que máis lle intrigaba a Muriel do seu traballo era a maneira en que as cartas chegaban ao castelo: quen as enviaba, como e, sobre todo, o procedemento de saída que seguían. Pero a medida que ían facendo entregas, coñecendo historias e descubrindo tan extraordinarios destinatarios e remitentes, deixoulle de preocupar tanto.

Estaba convencido de que antes ou despois se desvelaría o enigma.

Se non fose por Fígaro xamais coñecería a Marcial, o intérprete de soños. Só podía descifralos unha vez que se cumprisen, pero como iso as persoas non o sabían, mandábanllos en canto soñaban. Menos mal que de Cartaria saían cando lles correspondía.

Esa era precisamente a maxia daquel lugar: facer a entrega no minuto exacto, no día sinalado, no momento idóneo.

Fabián leu: «Acabas de ser pai» xusto no momento en que a súa primoxénita, Carola, asomaba a cabeciña ao mundo. Fora unha entrega difícil, pois Fígaro só sabía pedalear naquela bicicleta e Fabián andaba embarcado na pesca do bacallau. Navegar fora unha experiencia impresionante, mais ao carteiro non lle quedaran ganas de repetir.

Sentíase seguro dentro dos muros da súa fortaleza, sempre pisando o chan firme. Cando Muriel lle escoitou dicir iso, notou unha sensación estraña. El sempre pasaba medo tras os muros de Cartaria, esas tapias inmensas de pedra, que ensombrecían e entristecían a súa vila. Empezaba a pensar que aquelas fronteiras non permitían pasar o aire fresco, nin a luz nin a ilusión.

—Avoa, ti cres nos soños? –preguntáralle unha vez.

—Claro! Logo ti non? –respondera ela despois dunha pausa con cara de preocupación.

—Eu creo ata no po das estrelas! E no das ás das bolboretas!

—Pois fas moi ben –asegurárralle a avoa.

—Ti cres? –amosara a súa incredulidade.

—Firmemente!

—Xa... –dixo Muriel sen convicción–. Pero non coñezo ninguén máis que o faga.

E os dous, avoa e neto, quedaran moi tristes despois daquela reflexión.

Iso ocorrera había unha chea de tempo e a Muriel non lle viñera á memoria ata aquel momento, porque con ela alí, Cartaria chegara a converterse nun lugar marabilloso, aínda que iso non fose para nada mérito da vila, senón da avoa, que era capaz de transformar calquera lugar.

Quizais Fígaro puidese botar unha man, repartindo botellas dese leite milagreiro que fixese soñar a todos os veciños.

O leite. Esa era outra. Había cartas que tiñan que repartir coa súa correspondente botella, pois o contido resultaba difícil de dixerir. Algunhas levaban etiquetas personalizadas como as que recibira Muriel. Outras, non.

Preguntoulle varias veces por que a el tamén lle levara leite, se non lle deixara ningunha carta. Tamén polas mensaxes das etiquetas. Gustaríalle saber por que o elixira... pero xamais obtivo resposta. Fígaro escudábase en que el non dirixía, unicamente se deixaba ir. Pedaleaba e todo o demais ía ocorrendo. Nin sequera lle revelou se lle enviara a Blim. Só recoñeceu que eran vellos amigos. Pero, claro, resultaba imposible ocultar que o raposo se movía polo castelo como Pedro pola súa casa.

Muriel sabía que Fígaro calaba máis do que dicía, pero deixábase ir tamén. Antes ou despois acabaría por saber por que el, por que aquel leite...

por que moitas cousas máis. Con todo, antes debía investigar quen era realmente o carteiro. Que facía en Cartaria. Por que ninguén sabía del, ou polo menos xamais saía nas conversas.

Como é posible que aquel castelo fose invisible aos ollos da xente? Seguro que alguén tiña a curiosidade de explorar os lindes da vila… Como non daban con el? Aquela néboa permanente que todo o dificultaba… que era en realidade?

Ai, se a avoa estivese alí, que distinto sería todo!

Capítulo 24

–Non, Muriel. Mañá non podes subir.

Fígaro reiterou a súa negativa. Ese domingo non quería recibir a súa visita. O neno preguntara un par de veces a causa, mais non obtivo resposta. Sabía que era inútil insistir. Se cadra por iso, nin se centrou, nin a entrega do día foi satisfactoria. Algo raro tiña que pasar para que non o quixese roldando por alí. Non había nada que facer. Muriel sabía que se non lle mandaba os globos e facía que a néboa baixase mesta, nunca chegaría ao castelo.

Regresou á casa triste e desanimado. Os seus pais non o viran daquel xeito desde que a avoa os deixara. Preocupáronse co repentino cambio de actitude. De non ser polo leite que Fígaro pousou na porta da casa, esa noite ningún dos catro (Blim había moito que formaba parte da familia) conciliaría o sono. Por sorte, coa axuda daquela beberaxe, durmiron coma benditos e, curiosamente, Muriel soñou un dos soños máis fermosos que recordaba.

Aquela noite a avoa apareceuselle sentada nunha nube que pairaba sobre a súa cabeza. Andaba a tecer nunha bufanda morada e gris, tan longa que xa lle daba catro ou cinco voltas no pescozo e aínda lle sobraba un anaco. Estaba concentradísima no seu traballo, pero Muriel sentiuse tan feliz ao vela de novo que non lle importou que ela non soubese que a miraba desde abaixo. O neto sorriu compracido ao descubrirlle as babuchas nos pés. O corazón deulle un brinco. A súa avoa era autenticamente xenial, única.

Había media ducia de pombas ao seu carón, trillando nas nubes perfectas de algodón. Non voaban, nin a distraían do seu labor de calceta. Muriel mirou en torno súa unha chea de globos espallados polo ceo. Laranxas e malvas os máis deles, ou iso lle pareceu. Cando volveu mirar para a nube, a avoa decatouse da súa presenza. Por fin! Fitou os ollos nel e agasallouno cun daqueles sorrisos irresistibles. O neno saudouna coa man. A avoa respondeulle do mesmo xeito e, ao facelo, unha nube de po dourado rodeou a súa man, e a continuación o brazo e o corpo todo, iluminándolle a cara. A boca comezou a abrirse para pronunciar un nome, o seu: *Muriel*. Soou fermoso naquela voz rota.

Canto te quero, avoa! Díxoo sen berrar, pero ela oíuno nas alturas sen dificultade.

Naquel momento do soño veulle á cabeza Fígaro, así como a posibilidade de que a avoa soubese da súa existencia, pero xa non tivo tempo de preguntar por el, porque o ceo deu en escurecer coma se fose desencadearse unha treboada. Ata a avoa fixo un xesto de resgardarse do frío, aínda que con aquela bufanda era imposible arrefriar.

Sentiuse un estrondo e, ao instante, púxose a chover. Eran pingas miúdas que, a medida que ían descendendo, engordaban á velocidade do lóstrego. E o espectáculo comezou.

Antes de tocar o chan, ás pingas saíanlles ás, que se despregaban áxiles e lixeiras, elevando o voo de centos de bolboretas nunha explosión de cor como nunca antes vira. Danzaban en complexas espirais e abigarradas filigranas que atraían a

atención do neno, ata o punto de esquecer que a súa avoa debía andar polo medio, camuflada entre os voos dos lepidópteros... Mais cando a buscou, xa non estaba alí.

Deixouse arrolar por aquela chuvia hipnótica. Aínda tardou un chisco en espertar.

Esquecera baixar a persiana e a luz do día petaba con forza pola ventá. Tanto era así que a Muriel lle pareceu que alguén petaba no cristal. Pum pum pum! Pero a luz non tiña cotenos para facelos soar, razoou, así que lle deu as costas á fiestra. Quería seguir durmindo un chisquiño máis.

En realidade, o que quería era seguir soñando coa súa avoa. Pechou con forza as pálpebras, mais custáballe conciliar o sono novamente. Pim pim pim pim pim! Agora a chamada do día era coma un repenicar insistente e incesante. Semellaba o tinguelear da chuvia, pero con aquela luz era imposible que estivese chovendo.

Ris ras ris ras ris! Por máis que tapou a cabeza co edredón, algo chamou a atención de Muriel. Un rabuñar. Si. Un rabuñar...? Vaia, pois iso só podía ser Blim rabuñando o vidro coas súas poutas.

Que pesado!, pensou Muriel. E deu volta de novo cara á fiestra. Alí o estaba! Blim, movendo as gadoupas dun lado a outro, tratando de cazar algo ao outro lado do vidro. O neno deluvou os ollos, pero a luz cegábao e non entendía o que pasaba. Optou por apartar as sabas, poñer os pés nas zapatillas e saltar da cama. Achegouse ao raposo e, cando enfocou ben a vista, non deu creto ao que estaba vendo: ducias e ducias de bolboretas golpeaban as ás contra a fiestra, chamando a súa atención. Eran exactamente iguais cás do seu soño!

Blim toleaba de contento. Daba voltas e brincos polo cuarto adiante. Muriel non sabía como actuar. As bolboretas axudáronlle a reaccionar, golpeando cada vez con máis insistencia a fronteira transparente. Ao neno non lle quedaba outra opción que a de abrir a fiestra e, en canto o fixo, o calidoscopio de bolboretas invadiu o seu cuarto, voando de tal xeito que case perde o equilibrio. Ata Blim se asustou.

Cubriu o corpo coas mans e, cando deixou de sentir as pequenas ás facéndolle cóxegas no aire, espreguizouse. Non quedaba nin un só insecto no cuarto. Estaba todo invadido dun po dourado que flotaba sen pousarse nos mobles nin na cama.

Correu lixeiro á fiestra, pero só tivo tempo de ver como unha nube de bolboretas se afastaba da súa casa, seguindo o ronsel dun inmenso globo de cor lila.

Aquilo só podía significar unha cousa. Volveu a vista ao cuarto e velaí estaba, encol da almofada, un sobre alongado. Era para el.

Mirou baixo a ventá. Ao pé da porta da súa casa, Fígaro agardaba termando da bicicleta. O neno sorriulle e o carteiro chiscoulle un ollo.

Non agardou a que marchase. Dirixiu a súa mirada ao sobre e ao ver o seu nome escrito, recoñeceu a letra. Lembrou unhas palabras que ela lle dixera nunha ocasión: «Non todos aprenden a crer, mais existen maxias ás que ninguén se pode resistir.»

Capítulo 25

Meu querido neto:

Xa estás preparado. Es valente e forte coma un carballo. Sei que o pasaches mal, pero eu tiña que partir. Quedábanche, xa o sabes, todas as historias vividas, os momentos compartidos, os contos que che contei e as lembranzas de todo isto.

Pero non nos poñamos tristes, que non che escribo para iso.

A estas alturas xa deches con Fígaro. Non te incomodes por non falarche antes del. Non podía. Ninguén debe coñecer a súa existencia. Poñeríase en perigo o seu traballo. Ninguén en Cartaria sabe del, nin do castelo. Só eu, e agora ti.

Preguntaraste como coñezo eu a historia. É moi sinxelo. Fígaro é o teu tío-avó. O meu irmán. Quérete moito. Sabe de ti desde que naciches. Eu axudeille a que te vise medrar. Vasme dicir que non é moi falangueiro. Non vou negalo, cústalle abrirse ás persoas e gañar a súa confianza. Pero como puideches comprobar é un bo home. Do mellor.

A soidade non sempre é boa compañeira.

Aos carteiros do tempo, como nos chaman, permítennos revelarlles o segredo a dúas ou tres persoas como máximo. Teñen que ser da nosa absoluta confianza, debemos estar seguros de que non traizoarán a nosa esixencia de silencio. Normalmente, forman parte da familia. Como podes imaxinar, non sei todo isto por ser a súa irmá. Escribín que ese é o nome que nos dan porque eu fun unha delas. De aí que soubese tantas historias como che contei. En certo modo, vivíraas. Estaban escritas nas cartas, así chegaron a min.

Fígaro foi o meu substituto. Sucedeume cando eu abandonei a miña función. O emprazamento do castelo é algo que só poden saber os que ocupen o posto.

Agarda un chisco. Non te impacientes. Logo cóntoche por que sabes ti do castelo. Antes explicareiche por que deixei o oficio. Non hai outra razón máis ca o teu avó. Cando caeu enfermo, quixen estar ao seu carón. Por suposto, el coñecía a que me dedicaba, pediume incluso que continuase, pero eu non quixen. E sucedeume Fígaro, que vivía só e sabía tamén das miñas andainas.

Teu avó non gañou a batalla á enfermidade. Perdeu as poucas forzas en semanas. Pensei en volver, pero despois chegaches ti e, contigo, a maior felicidade que sentira nunca. Así que non me despeguei do teu lado nin un segundo. A miña única pena era que tiveses que vivir en Cartaria, tan triste e tan gris. Intentei facerche o lugar máis feliz, mentres albergaba a esperanza de que un día sairías de aí.

Sei que xa o conseguiches.

Ben. Imos contigo. Xa está ben de falar de min.

Serás o mellor aprendiz de carteiro do tempo que se poida soñar. Educado, sensible, intelixente. Se esta carta está no teu poder é porque Fígaro xa te levou de repartimento e está satisfeito contigo. Esa é precisamente a nosa misión. Dar as novas no momento idóneo. E se ese momento non chega, as cartas voan.

Déixate ir, Muriel. Goza da vida.

Non teñas medo.

Cando esteas preparado, chegarás sen necesidade de guías ao castelo, toparalo ti só. Así te converterás nun de nós. E, se non é o teu destino, beberás un groliño de leite que che fará esquecer todo isto que agora sabes. E recibirás outra carta miña, contándoche canto te quero e o moito que te boto de menos. Mais nada deste segredo.

Xa o sabes, os carteiros entregámolas no momento preciso. Unha botella de leite construirá novas lembranzas no teu interior. Non hai problema.

Ah! Se desvelas o noso segredo, xamais poderás chegar a ser un dos nosos. Esqueceralo. O mesmo ocorrerá con aqueles a quen llelo contes e se lles escape. Beberán e sufrirán amnesia.

Sei o que te estás a preguntar.

Non. Os teus pais non o saben. Eu preferín contarcho a ti.

Goza da vida, Muriel. Dentro e fóra de Cartaria. Espreme entre os teus dedos cada momento que pase. Sé tan feliz como eu o fun contigo.

A túa avoa Belinda, que tanto te quere.

Índice

Páx.

A autora

María Canosa (Cee, 1978) é profesionalmente enxeñeira de Camiños, Canais e Portos, e escritora de corazón. Articulista en *La Voz de Galicia*, foi contertulia en varios programas radiofónicos da Radio Galega e Radio Voz. Foi a «experta» en letras nos concursos dos programas de TVG *Cifras e letras* e *Verbas van*. É autora dunha extensa obra narrativa infantil e xuvenil, iniciada con *Bramido maino* e *A pedra do seixo*, publicadas en 1997, e continuada, entre outras, por títulos como *O Crebanoces* (2011); *Xiana, a nena pirata* (2012); *Viaxes de inverno* (2013); *Druídas* (2014); *Rubicundo* (Xerais, 2015), finalista do Premio Merlín, 2014; *O día que choveu do revés* (Xerais, 2016); *A cazadora de estrelas* (Xerais, 2017), finalista do Premio Merlín, 2016, e *Muriel* (Xerais, 2017), Premio Merlín, 2017. Como narradora publicou *Faíscas* (2009), *DisParo* (2016), *Non é París* (2016) e *Cando cae a luz* (2016). Publicou, ademais, o libro de poemas *Ronca o mar* (2011) gañador do XV premio Avelina Valladares.

A ILUSTRADORA

Lucía Cobo (Lugo, 1982), filla de libreiro e mestra, creceu amando os libros. Aínda que estudou unha enxeñaría, sempre soubo que a súa paixón eran as artes plásticas e o deseño. Despois de traballar varios anos como deseñadora gráfica, titulouse como Técnico Superior en Ilustración na Escola Picasso da Coruña. No ano 2013 cursou o Máster en Álbum Infantil Ilustrado impartido pola Escola I con I de Madrid. Colabora en revistas e webs e publica en varias editoriais. No ano 2014 obtivo unha Mención de Honra no V Catálogo Iberoamericano de Ilustración de México. Ten os seguintes libros publicados: *Caer de cu polo universo* (2015), Osa (2015), *Un gato en las nubes* (2015), *O soño do Merlo Branco* (Xerais, 2016), *Bruxa e familia* (2017) e *Muriel* (Xerais, 2017).